KB124006

로크미디어가
유혹하는
재미있는 세상

ROK
MEDIA
로크미디어

만렙닥터 리턴즈

만렙 닥터 리턴즈 10

2022년 9월 8일 초판 1쇄 인쇄
2022년 9월 15일 초판 1쇄 발행

지은이 13월생
발행인 김정수 강준규

기획 이기헌 왕소현 박경무 강민구 조익현
책임편집 주현진
마케팅지원 이원선

발행처 (주)로크미디어
출판등록 2003년 3월 24일
주소 서울시 마포구 성암로 330 DMC첨단산업센터 318호
Tel (02)3273-5135 **편집** (070)7860-2726 **Fax** (02)3273-5134
홈페이지 rokmedia.com **E-mail** rokmedia@empas.com

값 8,000원

ISBN 979-11-354-8050-8 (10권)
ISBN 979-11-354-7400-2 04810 (세트)

ROK
MEDIA

만렙닥터

13월생 현대 판타지 장편소설 ◇10◇

리턴즈

Contents

아버지와 아들 (2)

"네? 그게 무슨 말씀이십니까?"

"아닙니다. 그냥 저 혼자 한 소립니다. 아무튼, 그럴 리는 없겠지만, 혹시 한희 그놈한테 연락이 오더라도 받지 마십시오. 그런 불효막심한 놈은 다신 보고 싶지 않습니다."

끄응, 3299 장덕구가 얼굴에 노기를 드러냈다.

"네, 아무래도 아드님은 포기하시는 게 좋을 것 같습니다."

"암요, 저도 그런 놈을 아들로 둔 적이 없습니다."

아들로 둔 적이 없다? 그런데 저 테이블 위에 놓인 사진은 뭡니까? 당신 아들 사진 아닙니까?

병실 선반 맨 위 칸에 3299의 아들, 장한희의 사진이 놓여 있었다.

"네, 아무튼 아드님은 잊으시고, 최대한 성실하게 치료받으십시오. 그래야 기증자가 나오면 수술이라도 할 수 있을 것 아닙니까? 덕구 아저씨, 계속 이렇게 버티시면 오래 못 사십니다. 아드님 보란 듯이 털고 일어나셔야죠!"

"네, 하는 데까진 해 보겠습니다."

아들이 더 이상 오지 않는다는 걸 확인하고 나서야 치료를 받겠다는 3299였다.

"네, 그건 그렇고 복부에 수술 자국이 있던데, 그건 어떻게 된 겁니까?"

난 3299의 옷을 들춰 수술 자국을 가리켰다.

"별거 아닙니다. 신경 쓰실 필요 없어요."

3299가 슬그머니 옷자락을 잡고 있는 내 손을 쓸어내렸다.

"아뇨, 수술 부위를 보니까 비장 쪽인 거 같던데."

보통 비장에 문제가 생겼을 경우, 비장의 크기가 비정상적으로 비대하지 않을 때에는 복강경으로 수술하는 것이 보통이었다.

하지만 수술 흉터가 크게 남아 있는 것으로 볼 때, 3299는 개복수술을 한 것이 틀림없었다. 그 말은 비장이 외부의 충격으로 인해 터졌을 확률이 크다는 뜻이다.

"옛날에 산 비탈길에서 굴렀던 적이 있습니다. 그때 수술 자국이에요."

"산에서요?"

"네, 등산하다가 사고를 당했습니다. 별거 아니니까 신경 쓰지 마십시오."

"아, 네, 그렇군요."

역시, 비탈길에서 굴러떨어지면서 비장이 터진 모양이군. 흔히 일어날 수 있는 사고였다.

"네에, 선생님! 이제 다 나아서 아무렇지도 않아요. 그나저나 선생님, 노파심에 다시 여쭙겠습니다. 정말, 우리 아들놈은 다신 안 오는 거죠?"

여전히 못 미더운지 3299가 또다시 확인했다.

"네, 포기하시는 게 좋을 것 같습니다."

"네네, 알겠습니다. 선생님만 믿겠습니다!"

덕구 씨, 당신 마음을 이해 못 하는 건 아니지만, 꼭 이렇게까지 해야겠습니까?

♥

교도소 의무관사.

"병원에 갔다 왔다면서?"

여느 때처럼 정직한 계장이 소주 몇 병을 들고 나를 찾아왔다.

"네, 다녀왔습니다."

"3299 상태는 어때? 뭐, 물어볼 필요도 없겠지만. 오늘내 일하고 있겠지."

꼴꼴꼴, 정직한 계장이 술을 따라 내게 건넸다.

"주치의 만나고 오는 길인데, 생각보다 심각해요. 근데 문제는 그게 아니라 3299 본인입니다."

"3299가 왜?"

"치료 거부를 하고 있어요. 성실하게 치료받아도 쉽지 않은데, 이러면 덕구 아저씨, 오래 못 버팁니다. 천만다행으로 기증자가 나오더라도 수술을 못 할 수도 있단 얘기죠."

"그런 일이 있었군."

또르르, 정직한 계장이 씁쓸한 표정으로 술을 따랐다.

"네, 그래서 덕구 아저씨도 만나고 오는 길이에요. 치료라도 받아야 기회가 있을 거 아닙니까?"

"결국, 간이식 말고는 방법이 없는 거지? 다른 치료법은 없는 건가?"

"네, 지금 상황으로는 그렇습니다. 이미 임계점을 넘은 지 오래입니다. 이제 내과적 치료는 아무런 의미가 없는 상황이에요."

"그러면 3299가 얼마나 버틸 수 있을 것 같은데?"

"지금 상태로는 두 달? 아니, 어쩌면 한 달도 버티기 힘들지도 몰라요. 그 안에 기적적으로 기증자가 나오지 않는 한."

"그렇군, 그게 그렇게 되겠어."

후우, 정직한 계장이 땅이 꺼져라 깊은 한숨을 내쉬었다. 분명 3299에 대해 뭔가 알고 있는 게 있는 것 같았다.

"그나저나 계장님! 덕구 아저씨가 좀 이상한 말을 하시던데요?"

"무슨 말을?"

또르르, 정직한 계장이 잔을 채우며 물었다.

"자꾸 아들 얘기를 묻더라고요. 연락이 있느니 없느니 말이에요. 그렇게 아들한테 모질게 해 놓고 왜 그러시는지 이유를 모르겠어요."

"3299가 그랬어?"

정직한 계장이 모르는 척 되물었다.

"네. 아마 연락이 없을 거라고 하니까, 안심하는 눈치예요. 이거 뭔가 있는 거죠? 웃기잖아요. 아들한테 입에 담지도 못할 독설을 퍼부은 사람이 왜 아들 얘기를 들먹이는지. 갑자기 아들이 보고 싶어질 리도 없잖습니까?"

"흐음, 그게 3299한테 사정이 좀 있어."

크읍, 정직한 계장이 술잔에 가득 찬 술을 단숨에 삼켜 넘기더니, 손등으로 입술을 훔쳐 냈다.

당연하지. 사정이 있으니까 그랬겠지. 그러니까 형님한테 그 사정이 뭔지 듣고 싶은 것 아닙니까? 아무래도 형님은 뭔가 알고 있는 것 같으니까.

"사정요? 어떤 사정이 있다는 거죠?"

"3299가 그렇게 모진 사람으로 보이나?"

"……."

"사람들은 다들 3299가 적반하장이라고 비난하지만, 그에게 돌을 던질 수 있는 사람은 아무도 없어. 자네도 그렇게 생각하고 있잖나?"

"계속 말씀하시죠."

"하지만 그 반대야. 혹시나 자기 때문에 아들이 피해를 입을까 봐 일부러 그렇게 모질게 군 거야. 간이식 그거 함부로 하는 거 아니라면서, 부작용도 심하고 그렇다던데?"

"네. 저도 압니다, 그 정도는."

"알아? 뭘?"

정직한 계장이 모르는 척 시치미를 뗐다.

"사람은 눈을 보면 압니다. 3299 아저씬 절대로 그런 사람이 아니에요. 평소에 다른 재소자들을 대하는 것만 봐도 알 수 있죠. 아들이 혹시나 간을 내준다고 할까 봐 일부러 그러신 거잖습니까."

"허허, 나이도 어린 양반이 눈치가 100단이네. 자네도 보통은 넘는구먼."

"의사라는 직업이 다 그렇죠. 뭐, 사람을 많이 만나다 보면 그 정도는 구분이 되더라고요. 그래서 아들이 혹시나 자신의 간을 이식해 준다고 나설까 봐 그러신 겁니까?"

"당연하지. 덕구 아저씬 자기 간을 내줬으면 내줬지 아들 간을 받을 사람이 아냐. 보통 아버지들이 다들 그렇겠지만, 3299의 부정은 남달랐지, 암. 아들을 얼마나 끔찍하게 생각했는데."

"그러니까 계장님이 알고 계신 게 뭔지 말씀을 해 주세요. 답답하잖습니까?"

"그래, 내가 윤찬이 너한테 못 할 말이 뭐가 있겠니. 눈물 없이는 못 들을 얘기니까 손수건이나 준비해 둬라."

그렇게 정직한 계장이 3299의 사정을 설명하기 시작했다.

친구와 함께 밑바닥부터 시작해 제법 규모가 되는 의류 사업을 하던 장덕구.

그렇게 재산을 불려 나가자 주변에 투자를 하겠다는 똥파리가 끼기 시작했다.

그렇게 투자자들이 모여들었고, 순식간에 엄청난 규모가 되어 버리자 감당을 하지 못했던 것.

그 후, 동업자 친구의 사기가 시작됐단다. 야금야금 모든 재산을 자기 앞으로 돌려놨던 모양.

결국 동업자의 배신으로 빈털터리 신세가 되어 버렸다는 것이다.

설상가상으로 엄청난 빚도 떠안게 되었고.

그러다 동업자가 지속적인 사기로 구속될 위기에 처하자,

자신의 빚을 탕감해 주는 조건으로 그 대신 모든 걸 뒤집어 썼다는 것이 정직한 계장의 설명이었다.

결국, 자신의 빚이 아들에게 대물림되지 않게 하기 위해서 말이다.

그렇게 경촌교도소에 수감된 3299는 재봉틀 작업, 목공 일, 원예, 살충제 공장 근무 등등 온갖 사역을 마다하지 않고 알뜰살뜰 돈을 모아 아들의 학비를 마련했고, 정직한 계장이 그를 대신해 전해 줬다는 것이 정 계장의 설명이었다.

물론 아들 모르게 말이다.

"결국, 아들을 끔찍하게 생각했던 덕구 아저씨가 모진 말로 아들에게 상처를 줬다는 겁니까? 다시는 찾아오지 못하도록?"

"그런 셈이지."

"그렇다면 치료를 거부했던 것도, 혹시 아들이 찾아올까 봐 간이식이 불가능한 상태로 만들기 위해 그랬던 거고요?"

"아마 그랬을 거야."

"그러면 이 모든 사실을 아들이 알고 있는 겁니까?"

"아니, 모를 거야. 내가 말하지 않았으니까. 3299가 절대 말하지 말라고 했거든. 당신이 번 돈인 줄 알면 한희가 받질 않을 거라고."

"아니, 그게 말이 됩니까? 그렇다면 이제라도 이 모든 사실을 아들에게 알려야죠! 사람은 살려 놓고 봐야 하는 것 아닙니까?"

"그게 쉬운 일이 아니래두."

"간이식 공여를 한다고 죽는 거 아닙니다. 간은 재생력이 뛰어나서 30% 정도만 남아 있어도 6개월에서 1년 정도 지나면 완벽하게 재생돼요. 생명에는 지장이 없다고요! 아니, 지장이 없는 게 아니라 관리만 잘하면 사회생활 하는 데 아무 문제 없어요."

"인마, 무식한 나도 그 정도는 알아! TV 드라마 같은 데서 본 적 있으니까. 휴먼 드라마나 의학 드라마 같은 거 보면 나오잖아. 나도 본 적 있어."

"그러면 왜 숨기는 겁니까?"

"그럴 만한 사정이 있다고 하잖아. 피치 못할 사정이 있다고."

"답답하네요. 부자지간에 피치 못할 사정이 뭐가 있을 수 있습니까? 얼핏 보니까 체구도 건장하고 간이식 하는 데 아무런 문제도 없을 것 같던데요."

"그래, 한희가 건강이야 하지. 그건 내가 곁에서 쭉 지켜봤으니까 잘 알아."

"그런데 뭐가 문제입니까?"

"그런 게 있어."

"그니깐 그게 뭐냐는 말씀입니다. 그 피치 못할 사정이!"

"……한희, 그 녀석이 지금 뭘 배우고 있는지 아나?"

잠시간의 침묵.

고개를 숙이고 있던 정직한 계장이 천천히 얼굴을 들어 올렸다.

"네? 그걸 제가 어떻게 압니까? 대학생이라고만 알고 있어요."

"뭐, 대학은 맞지. 그 녀석! 지금 공군사관학교에 다니고 있어. 이제 곧 졸업하고, 임관할 예정이고."

쭈욱, 정직한 계장이 쓰디쓴 소주를 연신 들이켰다.

"공군사관학교요?"

공군사관학교라는 말에 난 어느 정도 감을 잡을 수 있었다. 3299가 왜 그런 이해 못 할 행동을 한 건지.

"그래, 공부도 엄청 잘해서 이번에 수석 졸업이라고 하더군. 아마, 내가 알기론 곧 있으면 미국에 전투기 조종사 연수도 갈 거래. 전투기 조종사가 그 녀석 평생의 꿈이었거든. 이제야 그 꿈을 펼칠 기회가 온 거야."

"그래서요?"

"뭐가 '그래서요'야? 간이식 수술을 하면 당연히 전투기 조종사는 못 되는 거잖아! 자기 아들이라면 간, 쓸개 다 내줄 3299가 그걸 허락하겠어? 그래서 나도 선뜻 나서지 못하는 거라고! 아마, 내가 나섰다간 덕구 아저씨 제명에 못 죽는다! 어쩌면 스스로 목숨을 끊을지도 몰라."

"하아, 결국 간이식 기증자가 되면 수술 자국이 남을 것이고, 그러면 신체검사에 떨어져 전투기 조종사가 될 수 없으니, 아들의 꿈을 지키기 위해 그런 거라고요?"

"그래, 한희가 어려서부터 전투기 조종사가 꿈이었어. 이제 막 꽃을 피우려는데, 그 꽃이 피지도 못하고 져 버릴 상황이잖아! 나도 3299를 살리고 싶지만, 그 점 때문에 망설이고 있는 거라고. 3299 마음을 충분히 이해하고도 남으니까. 나라도 엄청 고민했을 것 같아."

"계장님! 이러니까 무식하면 용감하다는 겁니다!"

"뭐라고? 내가 왜 무식하다는 건데?"

"간이식 수술하면 전투기 조종사가 되지 못한다고 누가 그럽디까?"

"아니야? 내가 알기론 간이식 하면 수술 자국이 크게 남아서 전투기 조종사로는 불합격이라던데? 거 뭐냐, 높은 데 올라가면 수술 부위가 다 터질 수 있다고……."

"그러니까 제가 무식하면 용감하다고 말씀드리는 겁니다. 간이식 수술이라고 100% 개복해서 적출하는 거 아니에요."

"그, 그래? 배를 안 갈라도 된다는 거야?"

정직한 계장의 눈동자가 부풀어 올랐다.

"네. 그런 일이 있었으면 전문가인 저하고 상의를 하셨어야죠. 왜 아무것도 모르는 두 분이서 끙끙 앓고 계셨던 겁니까, 답답하게!"

"그래? 아씨, 내가 주치의한테 물어보니까, 개복을 해야 한다고 하던데? 지금은 그 방법밖에 없다고."

정직한 계장이 어리둥절한 표정을 지었다.

네, 물론 지금은 그렇습니다. 현재 상황이라면 개복 우간 절제술밖에 답이 없는 상황이죠.

하지만 의학 기술은 멈춰 있지 않습니다. 언제나 인간의 한계를 넘기 위해 의사들은 도전하고 있죠.

내 기억이 맞는다면, 지금으로부터 정확히 1년 후, 연희대 세바스찬 병원, 간담췌 최고의 권위자인 어익후 교수님이 해내십니다.

그 불가능했던 순수 복강경 우간 절제술을 말입니다.

그 이후로 어익후 교수는 3백 차례 이상, 기증자 복강경 우간 절제술을 성공하셨고, 몇 년 이후에는 간 기증자뿐만 아니라 간 수혜자 복강경 수술도 세계 최초로 성공하시게 되죠.

복강경 우간 절제술을 하면 수술 부위에 작은 구멍 몇 개만 뚫으면 되기 때문에 수술 후 흔적을 최소화할 수 있었다.

지금 시점이라면 이미 임상을 통해 술기는 완전히 갖춰진 상태고, 실용화만 기다리고 있을 터.

연희병원 간담췌 간이식팀이라면 충분히 가능하다.

"그, 그러니까 설명을 좀 해 봐. 그 복강경인가 뭐시긴가를 하면 흉터가 안 남아서, 수술을 하더라도 한희가 조종사가 될 수 있다는 거지? 내가 제대로 이해한 거지?"

"네, 좀 더 검사를 해 봐야 하겠지만, 가능성은 충분합니다. 장한희 군만 마음의 결정을 한다면요. 어쩌면 그게 더 어려운 일인지도 모르겠지만."

"아니야, 한희도 모든 사실을 알게 되면 분명 자기 아버지를 이해할 거야."

"네, 저도 그렇게 됐으면 좋겠네요. 의학 기술이 발달돼서 수술은 그리 어렵지 않을 겁니다. 간이식 분야는 우리나라가 세계 최고 수준이니까요. 덕구 아저씨한테는 지금이 마지막 기회예요."

"그래? 그거 정말 잘됐네! 이제야 3299가 살길이 열렸어!"

정직한 계장이 자기 일처럼 기뻐했다. 그는 흥분된 마음에 안절부절못했다.

"아주 작은 구멍 몇 개만 뚫으면 되니까, 흉터나 수술 자국이 거의 남지 않습니다. 한 1년 정도 지나면 구멍도 완벽하게 다 메워질 겁니다. 지금 당장은 힘들 수도 있겠지만, 그렇다고 조종사의 꿈을 포기할 필요는 없다는 말입니다! 아들이라면 그 정도는 감수해야 하는 것 아닌가요?"

"그거야 당연하지! 아들 된 도리로 그 정도도 감수하지 못하면 안 되지. 3299가 자기한테 어떻게 했는데!"

"네, 그러니까 더 늦기 전에 덕구 아저씨 아들을 만나야 합니다. 더 이상 지체할 시간이 없습니다. 덕구 아저씨 상태가 너무 좋지 않아요.”

“아씨, 그러면 좀 일찍 좀 말해 주지. 난 그런 방법이 있는 줄은 몰랐잖아!”

정직한 계장이 입술을 내밀며 투덜거렸다.

“어라? 계장님이 말씀을 안 해 주시는데, 내가 어떻게 알아요? 내가 무슨 궁예입니까, 관심법으로 계장님 속을 읽게?”

“아, 알았어. 미안, 미안! 그건 그렇고, 지금 당장 한희한테 연락해 봐야겠어!”

벌떡, 정직한 계장이 자리에서 황급히 일어났다.

띠띠띠띠.

정직한 계장은 곧장 핸드폰을 꺼내 장한희에게 전화를 했다.

ㅡ고객님의 전화기 전원이 꺼져 있어 전화를 받을 수 없습니다.

“뭐야? 핸드폰이 꺼져 있는데?”

띠띠띠띠.

ㅡ고객님의 전화기 전원이…….

정직한 계장이 다시 전화해 봤지만 장한희의 핸드폰 전원은 꺼져 있었다.

“뭐야?”

“전화를 안 받나요?”

“아니, 전원이 꺼져 있다는데? 이 녀석! 혹시 잠수 탄 거 아니야?"

"두 달이나 연락이 없었으니까요."

"아무리 그래도 그렇지, 자기 아버지가 죽어 간다는데, 이런 식으로 나와? 나쁜 놈!"

정직한 계장이 신경질적으로 뒷머리를 긁적거렸다.

"뭔가 사정이 있을 겁니다. 이따가 전화해 보시고, 그래도 안 받으면 학교로 한번 연락해 보시죠."

"그래, 그래야겠어. 연락이고 뭐고, 내일이라도 당장 가서 멱살을 잡고서라도 데리고 와야지. 사정 얘기하면 한희 놈도 마음을 바꿔 먹을 거야."

"네, 그러시죠. 전 곧바로 어익후 교수님과 상의를 좀 해 보겠습니다."

"그나저나, 네가 말한 거 분명히 되는 거지?"

"안 돼도 되게 해야죠. 두 사람의 인생이 걸린 일인데."

"알았어. 이제 희망이 좀 보인다! 나 먼저 들어가 볼게. 한희 녀석 연락되면 바로 전화하마."

"네, 그렇게 하시죠."

바로 그때였다.

"계장님! 여기 계셨습니까?"

박 교도관이 관사로 정직한 계장을 찾아왔다.

"무슨 일이야?"

"지금 교도소로 누가 과장님을 찾아왔습니다."

"누가 날 찾아, 주말에?"

"아, 장한희라고 하면 안다고 하시던데요?"

"장한희, 한희가 날 찾아왔다고?"

"네, 지금 계장님방에서 기다리고 있습니다. 아, 이걸 전해 달라고 하던데요?"

아저씨, 저 한희입니다. 아저씨한테 꼭 드릴 말씀이 있어요.

박 교도관이 정직한 계장한테 메모를 전달해 주었다.

"김 선생, 한희가 날 찾아왔다는데?"

"그래요? 얼른 가 보시죠."

"그래, 그러자고."

나와 정직한 계장은 부랴부랴 관사를 나서 교도소로 향했다.

♥

"아저씨!"

김윤찬과 정직한 계장이 안으로 들어가자 건장한 청년 하나가 자리에서 벌떡 일어났다.

그는 3299 장덕구의 아들, 장한희였다.

"그래, 한희야! 어쩐 일이야, 연락도 없이!"

정직한 계장이 한달음에 달려가 그의 손을 붙잡았다.

"아저씨한테 드릴 말씀이 있어서요."

"그래그래, 앉아. 그렇지 않아도 널 만나려고 했어. 그나저나 얼굴이 왜 그렇게 수척해? 너, 내가 아는 한희 맞냐?"

공군사관생도답게 183센티의 키에 근육질의 몸매를 자랑하던 장한희. 하지만 지금은 누가 보더라도 슬림해진 몸매에 얼굴은 수척해 보였다.

"네에."

"아니, 왜 이렇게 몸이 말랐냐고?"

"아니요. 그게 아니라……."

장한희가 뭔가 말을 하려다 말고, 김윤찬을 힐끗 보더니 눈치를 봤다.

"괜찮아. 저기 김윤찬 선생도 네 사정을 다 알고 계셔. 그러니까 맘 편히 말해도 돼."

"아, 네."

"그나저나 왜 이렇게 야위었냐고? 어디 아픈 거 아냐?"

"아니에요, 그런 거."

"그럼 혹시 아버지 걱정 때문에 그런 거야?"

"……."

아버지란 말에 장한희가 아무 말 없이 고개를 숙였다.

"그래그래, 이해한다. 아무리 아버지가 원망스러워도 아버진데, 네 속인들 오죽했겠니. 근데 말이야, 한희야. 네가 오해…….”

“아저씨, 저 다 알아요. 아저씨가 말 안 해도.”

“다 알아? 뭘?”

“아버지가 일부러 그러신 거요.”

“어? 그게…….”

장한희의 뜻밖의 반응에 정직한 계장이 당혹스러워했다.

“제가 모를 리가 있겠어요. 아버지를 제일 많이 닮은 사람이 저예요.”

“그래? 그랬구나. 알고 있었어! 그래, 네 말이 맞아. 네 아버지가 일부러 그런 거야. 너, 끝까지 지켜 내려고.”

“네, 그래서 아버지한테 간 드리려고 왔어요.”

“정말이냐? 진짜? 그러면 왜 여태까지 연락이 없었던 거야? 난 또 네가 아버지 버린 줄 알고 오해했잖아!”

장한희의 말에 정직한 계장의 얼굴에 화색이 돌았다.

“제가 어떻게 아버지를 버립니까? 전 아버지 아니었으면 이미 이 세상에 없었을 거예요.”

“그건 또 무슨 소리야?”

정직한 계장 역시 모르는 사연인 모양이었다.

“제가 초등학교 1학년 때였을 거예요. 아버지랑 등산을 한 적이 있었는데…….”

장한희가 털어놓은 사연.

장한희가 여덟 살일 무렵, 장덕구와 장한희는 등산을 갔다.

그러다 어린 장한희가 한눈을 팔다 발을 헛딛는 바람에 벼랑으로 떨어질 찰나, 정덕구가 그를 감싸안고 벼랑 밑으로 굴러떨어졌다는 얘기였다.

아, 그때 덕구 아저씨의 비장이 터진 거구나!

김윤찬은 그제야 장덕구 복부에 수술 자국이 생긴 이유를 정확히 알 수 있었다.

"아버진 내가 당시 충격으로 기억을 못 한다고 생각하셨나 봐요. 저한테 단 한 번도 그 일에 대해서 얘기하지 않으셨으니까요. 혹시나, 내가 죄책감에 시달릴까 봐……."

어느새 장한희의 눈두덩이가 붉어져 가고 있었다.

"그런 일이 있었구나. 네 아버지는 한 번도 그런 얘기를 한 적이 없어."

"네, 하지만 전 다 기억하고 있었거든요. 온몸으로 나를 감싸 주시던 그날의 기억을 어떻게 잊겠어요. 절대로 잊을 수가……."

울컥했는지 장한희가 제대로 말을 잇지 못했다.

"녀석, 그러면 너도 일부러 기억 안 나는 것처럼 굴었구나. 아버지 걱정 안 시키려고."

"……."

장한희가 말없이 고개를 끄덕였다.

"그래, 그랬어. 어린 나이에도 그런 생각을 하다니, 우리

한희 기특하구나."

정직한 계장 역시 눈시울을 붉히지 않을 수 없었다.

정 계장은 들썩이는 장한희의 어깨를 두드려 주었다.

"그땐 아버지가 절 살렸으니, 이젠 제가 아버지를 살려야 할 때인 것 같아요. 그래서 아저씨를 찾아왔어요."

"정말 그래도 되겠니? 네 꿈이 한순간에 무너질 수도 있는데? 정말 결심한 거니?"

"결심요? 결심이란 말이 필요할까요? 아버지가 안 계셨다면 꾸지도 못할 꿈이었잖아요. 제가 살 수 있었던 것도, 공부할 수 있었던 것도, 그리고 공군사관학교에 들어갈 수 있었던 것도 전부 아버지가 안 계셨으면 불가능한 일이었어요. 제 인생에 아버지보다 소중한 꿈은 없습니다."

"하, 한희야! 너 다 알고 있었구나!"

와락, 정직한 계장이 장한희의 양팔을 끌어당겼다.

"……."

"걱정 마라. 네 꿈, 네 아버지 둘 다 잃지 않을 수 있는 방법이 있어."

그렇게 정직한 계장이 장한희를 끌어안고 한바탕 눈물바다를 만들었다.

"그게 무슨 말씀이세요?"

"인마! 지성이면 감천이라고 했어. 너, 간이식 수술 해도 조종사 될 수 있는 방법이 있대! 맞지, 김윤찬 선생?"

정직한 계장의 시선이 김윤찬 쪽으로 향했다.

"그래요, 한희 씨. 정 계장님의 말이 맞습니다."

"그, 그게 정말 가능한 겁니까?"

장한희의 목소리가 미세하게 떨렸다.

"네. 계장님, 저 한희 씨랑 할 얘기가 좀 있는데, 잠시만 자리를 비켜 주시겠습니까?"

김윤찬이 정직한 계장에게 양해를 구했다.

"그, 그래? 아, 알았어. 한희야! 김윤찬 선생 얘기 잘 들어. 이분이 네 아버지 수술을 도와주실 거다. 알았지? 이분 말 잘 들으면 자다가도 떡이 생겨!"

정직한 계장이 옷소매로 눈물을 훔쳐 내며 말했다.

"아, 네. 알겠습니다."

그렇게 정직한 계장이 밖으로 나가고 김윤찬과 장한희만 방에 남게 되었다.

학교 후배 김정균

잠시 후.

"장한희 씨, 제가 뭐 하나만 여쭤봐도 되겠습니까?"

"네, 말씀하십시오."

"혹시, 두 달 동안 연락이 없었던 이유가 체중 감량 때문이었습니까?"

"네에. 아버지를 만난 직후에 검사를 받았는데, 제가 지방간이라고 하더라고요."

"지방간요? 혹시 술이나 담배를 많이 하십니까?"

"아뇨, 술, 담배는 입에도 대지 않습니다."

"그런데 지방간이라뇨? 제가 아는 바로는 공군사관학교의 경우 철저하게 체력 관리를 한다던데."

"네, 저도 처음엔 깜짝 놀랐어요. 전 탄수화물이나 튀김 같은 건 가급적 피했으니까요. 달걀노른자나 삼겹살 같은 기름진 음식도 좋아하지 않습니다. 그래서 당연히 문제없을 줄 알았는데, 검사 결과가 이렇게 나올 줄은 정말 꿈에도 몰랐어요."

장한희가 이해할 수 없다는 듯이 고개를 가로저었다.

"혹시, 유전성 콜레스테롤 장애라고 하던가요?"

"네, 맞아요! 담당 선생님이 그러더라고요. 일종의 유전병이라고. 그래서 콜레스테롤 농도를 조절할 수 있는 능력이 떨어진다고요."

"음, 그렇군요."

"아무튼 지금은 지방간이 심하니 간이식이 불가능하다고 했어요. 최대한 빠른 시일 내에 간을 정상으로 돌아오게 하려면 식단 조절하고 운동으로 15킬로그램 정도는 빼라고 하더군요. 강제적으로라도 지방을 태워야 한다고……."

음, 충분히 그럴 수 있는 얘기다. 덕구 아저씨도 그 문제 때문에 간에 문제가 생겼을 가능성이 커.

"그래서 체중 감량을 한 겁니까, 두 달 동안……?"

가슴이 먹먹해지는 듯했다.

"네, 일단 그 방법밖에는 없다고 했어요. 식단 조절하고 운동하면서 살을 뺐습니다. 시간이 별로 없어 죽어라 뛰고, 또 뛰었어요. 여기 병원에서 검사 결과 가지고 왔어요!"

장한희가 밝은 얼굴로 혈액검사지와 담당의 소견서를 내보였다.

"그렇군요. 이 정도면 간이식 하는 데 아무런 문제가 없겠어요."

결과지를 확인한 결과, 간 상태는 최상이었다.

두 달 동안 뼈를 깎는 다이어트와 운동으로 만들어 낸 값진 결과였다.

"감사합니다! 전, 혹시나 늦지 않을까 얼마나 노심초사했는지 몰라요. 우리 아버지, 아직 늦지 않은 거죠?"

"그럼요. 아직은 희망이 있습니다."

"감사합니다! 그사이에 아버지가 어떻게 되실까 봐 가슴 졸였습니다."

장한희가 놀란 가슴을 쓸어내렸다.

"그래요. 때마침 늦지 않게 와 주셔서 고마워요. 이제 바로 수술 준비를 해야 할 것 같군요."

"네!"

"그런데, 왜 다른 병원에서 검사를 받으신 겁니까? 이왕 간을 주시려면 강릉국립병원에서 검사하시는 게 편했을 텐데요."

"혹시라도 아버지가 알게 될까 봐서요. 그러면 아버지가 가만있으시겠습니까?"

"그렇군요."

쓸데없는 질문을 한 듯싶었다.

"그나저나 선생님, 좀 전에 아저씨가 하신 말이 정말 사실입니까?"

"네, 100% 장담할 순 없지만, 방법이 전혀 없는 건 아닙니다."

"네, 그렇게만 된다면 더할 나위 없이 좋겠지만, 그렇지 않다 해도 전 상관없어요. 그러니 제 걱정은 하지 마시고, 오로지 우리 아버지만 살려 주십시오. 부탁드립니다."

"네, 제가 최선을 다해서 두 사람의 꿈을 이룰 수 있도록 해 보겠습니다."

"감사합니다, 선생님!"

아버지에게 독설을 퍼붓고 떠난 3299의 아들, 장한희.

아버지와의 천륜을 끊은 줄 알았던 그가 15킬로그램을 감량해 수척해진 모습으로 돌아왔다.

자신의 아버지를 살리기 위해, 자신의 평생의 꿈을 포기하면서까지.

참, 잘 컸다!

이 말밖에는 다른 그 어떤 말도 떠오르지 않았다.

며칠 후, 고함 교수로부터 전화가 왔다.

―어이, 코난!

교도소로 간 이후로 사건 사고를 몰고 다닌다고 고함 교수가 붙여 준 별명이었다.

"아, 진짜! 제가 왜 코난입니까?"

―인마, 너 저주받은 몸이잖아. 그러니까 가는 곳마다 사건 사고가 끊이질 않지.

"됐고요! 어떻게 과장 자리를 한상훈 교수한테 내주십니까? 그게 말이 됩니까? 저 앞으로 어떻게 하라고요! 이제 달달 볶이게 생겼네요."

그사이에 연희병원에서 차기 흉부외과 과장 선출이 있었고, 고함 교수는 투표에서 한상훈 교수에게 밀려 과장 자리를 내주고 말았다.

―그러냐? 그건 좀 안타깝다만 어쩔 수 없잖냐. 과장이면 어떻고 평교수면 어때? 의사는 환자 많이 살리는 놈이 장땡이야. 이참에 병원 하나 차려서 연희랑 맞다이 깔까? 너, 내가 병원 차리면 올래?

가야죠! 하지만 지금은 아닙니다. 그 자리 주인부터 바꿔 놓고 가도 늦지 않아요, 교수님!

"미쳤습니까? 제가 멀쩡한 직장 놔두고 왜 개고생을 해요! 싫습니다."

―하기사, 나 쫓아오면 개고생은 예약해 둔 거나 마찬가지지. 그건 그렇고, 어익후 교수한테 연락 왔다.

"당연히 좋은 소식이겠죠?"

―그래, 인마. 수혜자는 어쩔 수 없이 개복수술을 해야 하지만, 장한희 그 친구는 복강경이 가능할 것 같다고 했어. 워낙 체력도 좋고 간도 싱싱해서 이식하는 데 아무 문제가 없을 거라고 하더라.

"하하하, 그거 잘됐네요. 그러면 연희로 넘어가는 절차만 남았군요. 그건 그렇고, 수술비가 만만치 않을 텐데, 얼마나 나오려나요?"

―됐거든! 어 교수 말로는 오히려 우리 병원에서 돈을 대 줘야 할 거라고 하더라. 이게 국내 최초로 하는 거라, 약간의 리스크가 있다고 하네?

후후후, 아뇨, 리스크 없습니다. 그건 제가 장담하죠.

"어 교수님 실력이면 성공하실 겁니다."

―그럼그럼. 어 교수 이 친구, 실력 하나는 내가 보장하지. 아무튼, 행정적인 문제만 없게 잘 처리해 놔. 어 교수가 티하나도 안 나게 예쁘게 꿰매 줄 거니까.

"네, 감사합니다."

―그래, 이제 곧 전역이지? 곧 병원에서 보겠군. 내 똘마니 실력이 얼마나 늘었는지 내가 아주 궁금해 미쳐 버릴 지경이라고!

"후우, 자꾸 그러시면 저 한상훈 교수님 밑으로 들어갑니다?"

−그러든지 말든지. 팔 하나 내놓고 간다면야 누가 말려. 맘대로 해라, 새꺄!

♥

연희병원.

연희병원 측과 정직한 계장의 헌신적인 노력으로 3299와 그의 아들 장한희는 연희병원으로 옮길 수 있었다.

이 사실은 곧 공군사관학교에까지 알려졌고, 학교 측은 두 사람의 수술을 적극 지원함과 동시에 장한희 생도의 미국 연수 또한 유예시켜 주었다.

"내 새끼! 수술하면 많이 아플 텐데, 아비가 쓸데없이 아파서 미안하구나."

언제나 자식 걱정뿐인 장덕구 아저씨였다.

"아빠, 나 괜찮아! 의사 선생님이 그러는데, 한 1년 정도만 지나면 원상 복구된대요. 그동안 몸에 무리 가는 일은 하지 말라던데? 저, 지금까지 단 하루도 내 시간 가져 본 적 없어요. 이참에 영화도 보고, 여자 친구도 사귀어 보고, 늦잠도 실컷 자려고요. 이거 완전 개꿀이에요. 일석삼조!"

헤헤헤, 얼굴이 붉어진 장한희가 손가락 세 개를 펼쳐 보이며 환하게 웃었다.

아빠, 그리웠던 그 단어를 조심스럽게 꺼내 봤다. 한희는 헤어졌을 때, 그때 냉동 보관해 놓은 그 단어를 이제야 입으로 꺼내어 봤다.

"한희야, 아비가 우리 아들 정말, 정말 사랑해."

"저도 아빠 정말 사랑해요!"

3299가 힘겹게 아들의 손을 움켜쥐었다.

그렇게 시간이 흘러, 여름.

3299 장덕구의 수술은 성공적이었고, 그의 아들 장한희 역시 빠른 속도로 회복해 재활 치료에 전념하고 있었다.

그리고 이제 몇 개월만 지나면 나도 이곳을 떠난다.

3년이란 세월이 어떻게 지나갔는지 모를 정도로 정신없이 보낸 경촌교도소 생활이었다.

이곳에 부임한 첫날, 3241 조진규의 난동을 시작으로 겪었던 수많은 일이 주마등처럼 스쳐 지나가는 듯했다.

인생 2회 차 교도소 의무관 생활이었지만, 그때는 몰랐던 것들이 너무 많았다.

그동안 많은 변화가 있었다.

허세 소장과 김봉구 계장, 주근식 과장은 경질되어 새로운 사람들로 채워졌다.

그리고 재소자들에게도 크고 작은 변화들이 생겼다.

-김 선생님, 저 곧 있으면 앨범 발표할 것 같습니다.

"정말입니까? 축하합니다."

-네, 이게 전부 선생님 덕분입니다. 음반 나오면 제일 먼저 사인해서 보내 드릴게요.

"감사합니다. 집안 대대로 가보로 잘 보관하겠습니다."

-그 정도는 아닙니다! 아무튼, 이제부터 다시 시작해 보겠습니다.

"네, 저도 강 로커님의 팬으로서 열심히 응원하겠습니다."

그사이에 3742 강민우는 출소해 새 음반을 준비 중이란 소식을 들었다. 그 역시 2회 차 인생을 준비 중이었다.

"선생님! 저 고졸 검정고시 합격했어요!!"

"순남아, 축하한다! 이제 대학 갈 일만 남았네?"

"제 주제에 진짜 의대에 진학할 수 있을까요?"

"당연하지. 내가 지켜보니까 우리 순남이 정말 똑똑하던데? 의대에 가서도 잘 해낼 거야."

"헤헤헤, 감사합니다."

또 하나의 기쁜 소식, 우리 귀염둥이 진순남이 그 어렵다는(?) 고졸 검정고시에 합격해 버렸다.

워낙에 모범적인 수감 생활을 해 왔던 그였기에, 잘하면 이번 크리스마스 특사 전에 8.15 특사로 출소할 수 있을지도 몰랐다.

학교 후배 김정균 37

이제 그 앞에도 어두운 뒷골목이 아닌 찬란한 광장이 펼쳐지는 듯했다.

아무튼, 대견하고 대견한 녀석이었다.

그리고 마지막, 또 하나의 기쁜 소식.

"저, 재심 신청 통과했어요!"

"잘됐습니다! 정말, 정말 잘됐어요! 이제 드디어 억울한 누명을 벗을 수 있겠군요!"

"이게 전부, 선생님이 도와주신 덕분입니다. 이 은혜 평생 잊지 않겠습니다."

"제가 뭐 한 게 있나요? 전부, 범식 아저씨가 최선을 다한 결과죠. 진짜, 듣던 중 제일 반가운 소식이네요."

한반도 의원의 맹활약(?)으로 김치한 의원의 온갖 치부가 드러났고, 3100 김범식의 사건이 재조명되면서 재심이 받아들여진 것.

재심이 받아들여졌다는 건, 그만큼 김범식의 무죄 판결 가능성이 커졌다는 걸 의미하기에 이 또한 기쁜 일이지 않을 수 없었다.

그렇게 모든 게 잘 풀려 갈 즈음, 난 마지막 남은 도둑고양이 한 마리를 처리하기로 했다.

교도소 의무실.

"3675! 어디가 아파?"

김정균이 의자에 삐딱한 자세로 앉아 빈정거리는 말투로 쏘아붙였다.

　"네, 점심 먹고 난 후부터, 배 속에 돌덩이가 들어가 있는 것처럼 묵직합니다. 아주 속이 답답해 죽겠습니다."

　"그래? 언제부터 그랬는데?"

　"며칠 전부터 그래요. 제대로 밥을 못 먹겠습니다. 뭐만 먹으면 자꾸 구역질이 나서요. 저 무슨 큰 병이라도 걸린 겁니까?"

　"똥 쌌어?"

　우두둑, 김정균이 목을 몇 번 돌려 보더니 성의 없는 말투로 물었다.

　"네?"

　3675가 의아한 듯 물었다.

　"야, 배 아프면 일단 똥부터 싸고 봐야지. 대부분 똥 싸고 나면 괜찮아져. 그냥 똥배야, 그거."

　"아, 아뇨, 근데 그 배가 아닌 것 같은데요? 변도 잘 안 나오고요. 명치 끝이 묵직한 게……."

　"그러니까 작작 좀 처먹어라. 거지새끼처럼 무식하게 처먹으니까 그 모양 그 꼴이지. 됐고! 소화제 처방해 줄 테니까 먹어 보고 다시 오든가 말든가."

　김정균이 귀찮다는 듯이 퉁명스럽게 말했다.

　"네에, 알겠습니다."

"그럼 나가 봐, 바쁘니까."

"후우, 이게 끝입니까?"

"그럼 끝이지. 링거라도 놔 주길 바라냐? 여기가 무슨 사제 병원인 줄 알아!"

김정균이 짜증 섞인 목소리로 쏘아붙였다.

"네, 알겠습니다."

"가 봐. 앞으로는 퇴근 시간은 좀 피하자! 어?"

김정균이 손을 내저으며 자리에서 일어났다.

"네에."

바지 주머니에 손을 찔러 넣은 채, 환자 몸에 청진기 한번 대 보지 않는 김정균.

확실히 부임 초기와 비교했을 때, 180도 변해 버린 그였다.

"3675, 어디가 아파서 온 거야?"

원장실에 보고를 마치고 의무실로 돌아오는 길, 복도에서 3675와 마주쳤다. 그래서 의무실에 들어서자마자 바로 김정균에게 3675가 왜 왔었는지 물어봤다.

"네, 별거 아닙니다. 소화불량 같더라고요."

"얼굴 표정이 굉장히 안 좋아 보이던데?"

"링거 한 대 맞고 싶어서 꾀병 부리는 거예요. 너무 신경 쓰지 마십시오."

"그래? 처방은 해 준 건가?"

"별 이상 없을 겁니다. 꾀병인데요, 뭐."

"그건 내 질문에 대한 답이 아닌 것 같은데? 김정균 선생, 난 지금 처방을 어떻게 해 줬냐고 물었을 텐데."

"아…… 별다른 처방은 하지 않았습니다. 별거 아닌 것 같아서요."

"별거 아니다? 청진기 한번 대 보지도 않고 그걸 어떻게 알지? 3675 말로는 그냥 화장실 가면 나을 거라고 했다던데."

"네? 그냥, 겉으로 보기에 멀쩡해서……. 아이 씨, 3675 이 인간이 미쳤나."

김정균이 난감한 듯 입술을 잘근거렸다.

"지금 누굴 탓하는 거지?"

"죄송합니다. 선배님이 재소자들한테 너무 잘해 주시니까, 자꾸 꾀병 환자가 느는 것 같습니다."

"그래서 나 때문이라는 건가?"

"아, 아니, 그런 뜻은 아니고, 3675 같은 경우도 단순히 좀 체한 것 같은데, 의무실에서 쉬고 싶은 욕심에……."

"아니, 단순히 소화불량인지 그렇지 않은지는 정확히 진단을 한 후에 결정해도 늦지 않아. 김정균 선생, 내가 하나만 묻지. 일반적으로 사람들이 윗배라고 부르는 부위, 즉 의학적으로 에피개스트리엄(상복부)은 어디서부터 어디까지지?"

"하아, 뭐 제가 학부생도 아니고 뭘 그런 걸 물어보십니까?"

"묻는 말에 대답이나 하지?"

"……네, 인체상 젖꼭지 아래부터 배꼽 위까지를 상복부라고 합니다."

김정균이 퉁명스럽게 대답했다.

"좋아. 우리 몸 중에 가장 많은 고형 장기(관으로 연결되어 있지 않은 덩어리 장기)가 모여 있는 곳이 상복부지. 상복부에 포함된 장기들은 어떤 게 있지?"

"선배님! 하아, 지금 절 너무 띄엄띄엄 보시는 것 아닙니까? 저 이래 봬도 의사 자격증 있는 사람입니다. 제가 그걸 모르겠습니까?"

김정균이 불쾌하다는 듯이 목소리 톤을 높였다.

"어, 방금 김 선생의 태도로 볼 때, 모를 수도 있을 거란 생각이 드는데?"

"네네. 간, 담낭, 췌장, 십이지장, 위장이 있습니다. 됐습니까?"

"혈관은?"

"후우, 심장 쪽에서 복부 대동맥이 타고 내려옵니다."

"좋아, 그러면 다시 질문할게. MI(myocardial infarction : 심근경색)의 가장 일반적인 특징은 뭐지?"

"그거야 당연히 흉통 아닙니까? 심장 주변이 쥐어짜는 듯이 아픈 게 가장 흔한 사례죠. 혈액이 심장 쪽으로 잘 가지 못하니까 단순 근육 덩어리인 심장근육이 경직되어 통증이 생기는 거죠."

김정균이 기다렸다는 듯이 떠들어 댔다.

"그래, 가장 흔한 증세는 흉통이야. 그런데 그건 반은 맞고 반은 틀렸어. 심근경색은 꼭 그렇게 전형적이지 않아. 어떤 사람은 상복부 명치 부위의 통증을 호소하기도 하고, 어떤 환자는 목 주변에 조이는 듯한 통증을 호소하는 사람도 있어. 심지어 치통을 호소하는 사람도 있지. 게다가 아예 흉통이 없는데도 조영제 CT 찍어 보면 관상동맥이 4~5개 막힌 사람도 흔해."

"그, 그거야 뭐……."

"한 가지 예를 더 들어 볼까? 뉴모니어(폐렴)의 가장 큰 특징은 뭐지?"

"그거야, 고열에 기침, 가래가 보통이죠."

"아니, 폐렴이 그렇게 전형적인 증세를 보인다면 폐렴 때문에 사망하는 환자는 단 한 명도 있어서는 안 되지. 의사들이 폐렴을 놓칠 리가 없으니까."

"……."

"뉴모니어가 생기는 부위에 따라 그 통증은 수십 가지가 넘어. 어퍼 소락스(상흉부)에 생기면 섭스캐퓰랠어스(어깻죽지)

가 담 걸린 것처럼 아플 수도 있고, 옆구리에 찢어지는 듯한 페인(통증)이 올 수도 있으며, 백(등) 쪽에 칼로 찌르는 듯한 통증을 호소하는 사람들도 많아. 이런 환자들이 기침이나 가래가 없다고 폐렴을 제외할 수 있을까?"

"……."

"환자들의 통증은 결코 우리가 배운 교과서대로 생기지 않는다는 걸 잊어서는 안 돼. 내 말 무슨 뜻인지 알겠나? 사람들의 지문이 각자 다르듯, 장기들도 마찬가지야. 컨디션에 따라 그 증세는 적게는 수십 가지에서 많게는 백 가지도 넘는다는 걸 명심하도록 해."

"아, 네."

그제야 무안한 듯 김정균이 고개를 숙였다.

"3675는 평소에 혈압이 높을 뿐만 아니라, 하이퍼리피디미어(고지혈증)를 앓고 있는 기저 질환자야. 그런 위험 인자를 가지고 있는 환자가 명치 끝이 묵직한 증세를 앓고 있다면, 분명 심혈관 쪽에 문제가 있음을 가리키는 신호라고 보는 게 타당해. 단순히 소화불량으로 치부할 증세가 아니잖나?"

"흐음, 네, 알겠습니다."

"3675 다시 호출해서 심전도 검사랑 혈액검사 해 보고, 반드시 심근 효소 수치 확인해. 심전도 읽을 줄은 알지?"

"아이 참! 선생님, 절 뭘로 보시는 겁니까? 그 정도는 볼 줄 압니다."

"좋아, 당연히 그 정도는 읽을 줄 알아야지. 심전도 확인한 후에 심근 효소 수치도 확인해 보고, 문제가 있다고 판단되면 심장 초음파에 심혈관 조영술을 해 봐야 하니까, 곧바로 상급 병원에 오더 내. 일단 나한테 보고하는 거 잊지 말고."

"네에, 알겠습니다."

김정균이 마지못해 고개를 끄덕였다.

"이제 나도 곧 병원으로 돌아가면 여긴 김정균 선생이 전적으로 책임져야 하는데, 이런 식이면 곤란하지 않겠어? 고혈압에 고지혈증이 있는 환자가 복통을 호소하는데, 똥이나 싸라니. 그게 의사로서 할 말인가?"

"죄, 죄송합니다."

"3675, 당장 검사부터 받게 해. 당장!"

"네에."

확실히 부임 초와는 완전히 다른 사람이 되어 버린 김정균이었다.

♥

소장실.

강직 소장은 허세 소장의 경질로 인해 경촌교도소에 부임한 신임 소장으로서, 합리적이고 정직한 사람이었다.

난 정직한 계장과 함께 그의 집무실을 찾았다.

"김윤찬 선생, 요즘 재소자들 사이에서 의무실에 대해 불만이 많은 것 같더군요."

"네, 알고 있습니다. 제가 관리를 잘하지 못한 탓입니다."

"아뇨, 제가 지금 김윤찬 선생을 탓하려는 게 아닙니다. 김정균 선생에 대한 불만이 너무 커요. 심지어, 돌팔이 의사란 소문이 자자합니다. 안 그렇습니까, 정직한 계장?"

"네, 맞습니다. 김정균 선생 처방은 가이레놀 아니면 엑스탈뿐이라더군요. 배 아프면 소화제, 머리 아프면 가이레놀만 처방해 준다고 불만이 큽니다."

"이게 어떻게 된 겁니까, 김윤찬 선생?"

"제 불찰입니다. 워낙 수형 인원이 많다 보니, 김정균 선생과 업무 분담을 했는데, 그 부분에서 문제가 생긴 것 같아요."

"특히 요즘 동해병원 전원이 많아졌습니다. 지난주에 김윤찬 선생 휴가 갔을 때도 맹장염 수술 환자가 세 명이나 생겼어요. 거의 몇 년 동안, 1년에 한두 번 있을까 말까 했는데 말이죠. 김정균 선생이 환자를 전부 동해병원으로 보내 버렸습니다."

"네, 알고 있습니다."

"정말 맹장염이 맞긴 합니까? 어떻게 김윤찬 선생이 휴가 가기가 무섭게 맹장염 환자가 셋이나 나올 수 있는 건지 모르겠군요. 이거 우연치고는 너무 이상하지 않습니까?"

"네, 저도 차트를 살펴보긴 했는데, 일단 차트상에는 맹장염을 의심할 증세가 있었던 건 맞습니다."

"그래요? 아무리 그래도 그렇지. 난 도통 이해가 되질 않아서 말이에요."

강직 소장이 고개를 천천히 좌우로 흔들었다.

"죄송합니다. 제가 좀 더 철저하게 관리토록 하겠습니다."

"그래요. 김윤찬 선생이 신경을 좀 써 주세요. 이제 곧 김 선생은 떠날 테고, 그렇게 되면 김정균 선생이 의무실을 도맡아야 할 텐데, 전 솔직히 찜찜합니다."

"……."

"아니, 김윤찬 선생이 자리만 비우면 없던 환자가 튀어나오는데, 아주 미칠 것 같소."

강직 소장이 답답한 듯 자신의 이마를 문질렀다.

"네, 알겠습니다. 제가 떠나더라도 업무 공백이 생기지 않도록 최대한 완벽하게 인수인계하도록 하겠습니다."

"그래요. 난 김윤찬 선생만 믿어요! 요즘은 너무 외부 병원 진료가 많아져서 예산이 간당간당합니다. 김윤찬 선생이 있을 때는 그렇지 않은데, 왜 이렇게 외부 진료 건이 많은지 모르겠군요."

"네, 확인해 보도록 하겠습니다."

"그래요. 난 김윤찬 선생만 믿겠습니다."

"네."

♥

"우리 커피 한잔 할까?"

소장실에서 나오자마자 정직한 계장이 내 어깨를 툭 건드렸다.

잠시 후.

"윤찬아, 좀 이상하지 않아?"

정직한 계장이 자판기에서 커피를 꺼내 내게 주며 말했다.

"뭐가 말입니까?"

"김정균 선생 말이야."

후릅, 정직한 계장이 커피를 베어 물며 물었다.

"김정균 선생이 뭘요?"

"이상하지. 잘 생각해 봐. 김정균 선생의 태도가 180도 바뀐 시점이 정확히 김봉구 계장이랑 허세 소장 경질된 후부터야. 그 전까진 세상 그렇게 싹싹하고 붙임성 좋은 사람도 드물더니만, 지금은 완전 딴사람 같아."

"글쎄요. 우연의 일치가 아닐까요?"

"그러게. 나도 그럴 거라 생각하긴 하는데, 좀 찜찜해. 김봉구 계장 업무 인수인계하면서 보니까 의약품 구입 명세서

가 이중으로 작성되어 있었어. 예산이 실제보다 과대 책정된 거지."

"알고 있습니다."

"뭐라고! 알고 있었다고?"

"네, 황웅제약, 동해병원, 그리고 김봉구 계장은 모두 연결되어 있어요. 그 연결 고리 역할을 김정균 선생이 한 거고요. 그런데 김봉구 계장이 경질되면서 공동체가 깨진 거죠. 그러니 더 이상 연결 고리가 할 역할이 없어졌겠죠. 따라서 굳이 자신의 존재를 숨길 필요가 없어졌던 겁니다, 김정균은."

"그래? 그거 확실한 거야?"

"지난번에 3544(차세대) 건 때, 우리 작전이 실패했던 것도 이와 무관하지 않을지 모릅니다."

"정말? 그러면 김봉구 계장한테 우리 작전을 누설한 사람이 김정균이란 말이야?"

깜짝 놀란 정직한 계장이 목소리 톤을 높였다.

"쉿! 조용히 하세요."

"아, 알았어. 정말, 김정균이 그랬을까?"

"네, 그럴 가능성이 커요. 이 작전에 대해서 조금이라도 눈치를 챌 수 있는 사람이라면 김정균뿐이니까요. 제가 그를 간과한 것이 실수였어요. 같은 공간을 쓰는 데다 워낙 그와 함께 있는 시간이 많다 보니, 일부 내용을 알고 있었던 것 같습니다."

"후우, 진짜 열 길 물속은 알아도 한 길 사람 속은 모른다더니만, 김정균 선생이 프락치였단 말이야?"

정직한 계장이 어이없다는 듯이 혀를 내둘렀다.

"어쩌면 애초부터 작정하고 이곳에 들어왔는지도 모르죠. 내가 학교 선배라는 걸 알았던 순간부터."

"와, 진짜 세상 무섭네! 그러면 이제 어떻게 해야 하는 거야? 당장이라도 교정본부에 신고해야 하는 것 아냐?"

"아뇨. 아직은 100% 확신할 순 없어요. 괜히 짐작만 가지고 덤볐다간 오히려 우리만 낭패를 볼 수 있습니다."

"그러면 어떻게 하겠다는 건데? 계속 이런 식으로 동해병원만 배 불려 줄 순 없잖아? 이제 몇 개월만 있으면 너도 없는데 말이야."

"그러니까 미끼를 던져야죠."

"미끼? 무슨 방법이라도 있다는 거야?"

정직한 계장이 궁금한 듯 물었다.

"네, 물지 않고는 못 배길 겁니다."

교도소 의무실.

"선배님, 3675 심전도 검사 결과 나왔습니다."

내가 출근하자마자 김정균이 3675의 심전도 검사 결과를 가지고 왔다.

"T-wave가 상당히 올라갔는데?"

"네, Tall T-wave입니다."

"그러면 Tall T-wave가 올라갔다는 게 뭘 의미하나?"

"T-wave가 올라갔다는 건, 하이퍼칼레미아(고칼륨혈증)일 경우에 T-wave가 상승하는 걸로 알고 있습니다."

한차례 경고가 있어서인지, 김정균이 나름 진지한 태도를 보였다.

"그래, 맞아. 일반적으로 포타슘(칼륨)이 정상 수치를 벗어나게 되면 T-wave가 상승하게 되지. 그러면 다시 물어보지. 3675가 리날 페일리어(신부전) 진단을 받았나?"

"아닙니다."

"그렇다면 심한 외상이나 화상을 입었던 적이 있나?"

"아뇨. 그렇지 않습니다."

"3675가 포타슘을 과다 복용하기라도 했나?"

"아뇨, 칼륨을 복용한 적은 없습니다."

"좋아, 그렇다면 마지막으로 하나만 더 묻지. 3675가 브라디카디아(서맥)나 손이나 발이 저리다거나, 손끝 감각이 무뎌졌다든가 하는 증세를 호소했나?"

"아닙니다. 그런 적 없습니다. 하지만 그렇다고 해도 지금 증세 정도를 가지고 스테미(ST elevation MI)로 단정 지을 순 없지 않을까요? ST 세그먼트가 상승하는 양상도 없고,

Q-wave가 깊게 떨어지지도 않았습니다."

ST elevation MI란 심근경색 중에서도 초응급 상황을 다투는 최악 형태의 심근경색이었다.

김정균이 따박따박 반박을 하는 것을 보니 단단히 준비를 하고 온 모양이었다.

"김정균 선생, 저기 뒤뜰에 심어진 꽃이 무슨 꽃인지 아나?"

난 창밖 뒤뜰을 가리켰다.

"아, 아뇨, 모르겠습니다."

"에이, 이 유명한 꽃을 모르면 어떡해?"

"이제 새싹이 돋아난 수준 아닙니까? 아직 꽃도 피지 않은 걸 제가 어떻게 압니까?"

김정균이 퉁명스럽게 답했다.

"정말? 김정균 선생도 잘 아는 꽃인데?"

"제가 잘 아는 꽃이라고요? 무슨 꽃입니까?"

"저건 튤립이야."

"네? 튤립이라고요?"

"그래, 자네 말대로 이제 새싹이 돋은 수준이긴 하지만, 저건 분명 튤립이 맞아. 심근경색도 똑같은 거야. Q-wave가 딥하게 떨어질 때는 이미 늦어. 의사라면 누구나 이 증세가 심근경색이란 걸 알아차릴 수 있지. 저 새싹이 자라서 꽃이 피면 모르는 사람이 없는 것처럼 말이야. 우린 한발 앞서야 해. 심근경색의 씨앗이 자라 꽃을 피우지 못하도록 말이야."

"아, 네."

그제야 내 말을 이해한 김정균이 고개를 끄덕였다,

"자네 말대로 T-wave가 상승했다는 의미는 꽃으로 치자면 이제 새싹이 돋아났음을 의미해. 하이퍼칼레미아를 의심할 만한 소견이 없다면, 절대로 MI(심근경색)를 간과해선 안 된다는 뜻이야. 전형적인 소견은 분명 아니지만, 3675는 명치 끝 통증을 호소하고 있잖아?"

"네, 그렇습니다."

"항상 모든 경우의 수를 열어 놓고 진단하고 치료하는 습관을 들이도록 해. 특히, 환자의 생명과 직접적으로 연관된 우리 같은 써전은 특히 더!"

"네에."

김정균이 민망한지 고개를 숙였다.

"내가 김정균 선생을 나무라려는 것이 아니야. 정균 선생의 진단은 훌륭했어. 다만, 의사는 결코 모든 병에 대해 단정적이어서는 안 돼. 우린 신이 아님을 절대 잊어서는 안 되는 거야."

"네, 알겠습니다."

구구절절 옳은 말이니, 받아들일 수밖에.

김정균이 알겠다는 듯 고개를 끄덕였다.

"기죽을 것 없어. 내가 보기에 정균 선생은 눈도 좋고, 손도 나무랄 데 없는 훌륭한 써전이야. 그러니까 앞으로 차차 배우면 돼."

툭툭, 난 김정균의 등을 두드려 주었다.

"감사합니다."

"그래, 일단 3675는 강릉국립병원으로 전원을 시키는 것이 좋을 것 같아. 소장님 품의는 내가 받을게."

"네, 알겠습니다."

"아, 맞다! 오늘 중요한 회의가 있는 걸 깜박했네?"

"중요한 회의요? 무슨?"

중요한 회의란 말에 김정균이 급관심을 보였다.

"아, 별거 아니야. 거기 캐비닛에 노란색 파일철 좀 가져다줄래? 오늘 소장님한테 보고해야 하는데."

"네에, 알겠습니다."

김정균이 고개를 끄덕이며 캐비닛 쪽으로 발길을 옮겼다.

끼익, 김정균이 캐비닛 문을 열고 파일철을 집어 들려는 찰나였다.

"김정균 선생! 잠깐만! 어휴, 내가 깜박했네, 중요한 문서인데. 내가 가져갈게."

휙, 난 잽싸게 캐비닛으로 달려가 김정균의 손에서 파일철을 뺏어 들었다.

"아, 네. 이게 뭡니까?"

"아, 아직 검토 중인 서류라 자세하게 말해 주긴 좀 그래. 뭐, 거의 결론이 난 상황이니까, 최종적으로 소장님 결재 떨어지면 말해 줄게. 미안!"

자, 이 정도면 파일 제목 정도는 충분히 봤을 시간이지?

"아, 네. 그렇습니까?"

김정균이 똥 싸고 밑 안 닦은 표정을 지었다.

"그래그래. 정균 선생, 아무튼 오늘도 파이팅하자고!"

"네에."

"나, 회의 끝나려면 점심시간 지나서 올 것 같으니까, 그동안 김 선생이 수고 좀 해 줘요."

"네, 알겠습니다. 다녀오십시오."

난 '경촌교도소 협력 병원 교체안'이라고 써진 파일철을 들고 의무실을 빠져나왔다.

김정균!

안 물고는 못 배길 거다.

경촌교도고 협력 병원이라는 것.

강원도 지방 외진 곳에서 천 명이 넘는 환자를 확보할 수 있는 병원이 몇 군데나 될까?

가장 쉬운 맹장염, 치질 수술부터 각종 정형외과 수술까지, 모든 비용은 국가가 부담하기 때문에 어떻게 보면 노다지나 다름없었다.

따라서 온갖 비리의 온상이 될 수밖에 없었고, 교도소 직

원들과 협력 병원인 동해병원 간의 검은 커넥션은 그 뿌리가 깊었다.

하지만 허세 소장과 김봉구 계장이 퇴출되면서 연결 고리가 약해졌고, 그에 반해 새로 부임한 강직 소장은 나름 청렴한 공직자라 약발이 잘 먹히지 않았다.

지금 동해병원 입장에선 난감한 상황이었다. 그래서 그 어느 때보다 교도소가 돌아가는 상황이 궁금했을 것. 따라서 그 연락책이었던 김정균 또한 바빠질 수밖에 없었다.

동해병원 원장실.

"아이고, 소장님! 어떻게 연락도 없이 오셨습니까?"

강직 소장과 정직한 계장, 그리고 난 병원 실사차 동해병원을 찾았다.

"네, 제가 이곳에 부임한 지 꽤 지났는데, 인사도 못 드리고 해서 들렀습니다."

"그러셨습니까? 그렇지 않아도 저희가 찾아뵈려고 했는데, 뭐 하러 어려운 걸음을 하셨습니까?"

천종수 원장이 호들갑을 떨며 강직 소장을 맞이했다.

"아뇨, 우리 재소자들 잘 챙겨 주시는데, 제가 찾아와야 도리죠. 게다가 가끔 가슴이 쿵 하니 내려앉는 증세가 심해서 검진도 받을 겸 해서요. 우리 김윤찬 선생이 그러는데, 부정맥일 수도 있다고 하더군요."

"저런, 그렇습니까? 스트레스를 많이 받으시나 봅니다."

"네, 조금요. 원장님 만나 뵙고 금강병원에 들러서 검사를 받아 볼까 합니다."

"네? 금강병원요? 거긴 왜요?"

천종수 원장이 눈을 동그랗게 뜨며 물었다.

"왜라뇨? 동해병원엔 심장내과가 없지 않습니까? 제가 알기론 그런데?"

"껄껄, 무슨 그런 섭섭한 말씀을 하십니까? 그렇지 않아도 저희가 서울에서 훌륭한 의사 선생님들을 모시고 왔습니다. 저희도 심장내과 있습니다! 어떻게, 타이밍이 정말 딱 들어맞았네요?"

껄껄껄, 천종수 원장이 가슴을 내밀며 능글맞게 웃고는 말했다.

"그래요? 그러면 동해병원에도 심장내과가 생긴 겁니까? 환자가 별로 없어 예산이 없다고 하신 것 같은데?"

"그럼요. 요즘 사람 사는 게 얼마나 팍팍합니까? 정신적 스트레스가 말도 못 하죠. 그렇다 보니, 전문 심장내과를 찾는 환자들이 늘어서요. 그래서 이참에 과감하게 투자했습니다."

"그래요? 그거 잘됐군요. 우리 교도소에도 심장이 좋지 않은 재소자들이 꽤 됩니다. 그러면 앞으로 동해병원에서 진료 받게 하면 되겠군요."

"허허허, 그렇습니다. 굳이 먼 국립병원에 갈 이유가 없습니다. 우리 병원도 최신 시설을 구비했으니까요. 심전도를 비롯해 심장초음파 기기까지 최신형으로 들여놨습니다!"

"아하! 그거 듣던 중 반가운 소리군요."

"네네, 잠시만 기다리십시오. 우리 과장님을 소개해 드리 겠습니다."

"아이고, 굳이 그러실 필요는 없는데."

"아뇨, 아뇨. 앞으로 같이 일할 사람인데, 서로 인사는 나 눠야 하지 않겠습니까? 잠시만 기다리십시오."

띠~.

"윤 사무장! 심 과장 좀 원장실로 오라고 하세요."

─네, 알겠습니다.

잠시 후.

"안녕하십니까? 동해병원 심장내과 과장, 심장식이라고 합니다."

천종수 원장의 호출을 받고 심장식이 득달같이 달려왔다.

"아, 네. 안녕하십니까? 경촌교도소 강직 소장이라고 합니다!"

"네, 반갑습니다. 앞으로 잘 부탁드립니다."

"아이쿠, 우리가 잘 부탁드려야죠."

"하하하, 자 자! 이왕 이렇게 오셨으니, 여기서 이러지 말고 밖에 나가서 식사하면서 향후 우리 병원과 경촌교도소 간의 발전적인 협력 방안에 대해 의논해 봅시다."

"아뇨, 우린 그냥 인사차 들렀을 뿐입니다."

"어휴, 무슨 그런 섭섭한 말씀을 하십니까? 여기까지 먼 걸음 하셨는데. 여기서 얼마 멀지 않은 곳에 삼계탕 잘하는 집이 있습니다. 올여름은 10년 만에 가장 더운 여름이라는 예보가 있어요. 미리미리 체력을 비축해야 합니다."

"아, 네."

"자 자, 정 계장님이랑 김윤찬 선생도 일어납시다."

천종수 원장이 사람들의 몸을 일으켜 세우며 부산을 떨었다.

♥

그날 밤.

"윤찬아, 아무래도 김정균이 미끼를 아주 대차게 문 것 같지?"

정직한 계장이 나를 보며 한쪽 입꼬리를 말아 올렸다.

애초에 교도소 협력 병원 교체안 따위는 없었다.

그저, 곳간의 쌀을 몰래몰래 갉아 먹고 있던 쥐새끼가 누군지를 알고 싶었을 뿐.

　이제 그 쥐새끼가 누군지 확실해졌으니, 이제 그놈의 식구들이 살고 있는 쥐 굴을 찾아 불을 놓을 일만 남았다.

　"그런 것 같네요."

　"그나저나 김정균 이 인간, 진짜 간교한 놈이네? 어떻게 그렇게 감쪽같이 우릴 속였지?"

　"네, 아무래도 내가 학교 선배라는 걸 이용하려 했던 것 같습니다."

　"하아, 진짜 열 길 물속은 알아도 한 길 사람 속은 모른다더니, 어떻게 이럴 수가 있는 거냐?"

　"뭐, 다 돈 때문이겠죠. 돈이 사람의 눈을 멀게 만드니까."

　"그렇겠지. 아마 동해병원에서 수억 받아 처먹었을 거야. 배 터지겠네."

　정직한 계장이 어이없다는 듯이 혀를 찼다.

　"그러게요."

　"김정균 그 인간, 죗값을 치러야겠지?"

　"그럼요. 다른 건 몰라도 환자 가지고 장난치는 인간은 의사 가운을 입을 자격이 없습니다. 일벌백계해야죠."

　"그나저나, 김정균이 동해병원 프락치인 건 어떻게 안 거야? 난 감쪽같이 속았는데?"

　정직한이 턱을 매만지며 갸웃거렸다.

"그렇게 궁금해요?"

"당연하지! 너 같으면 안 궁금하겠냐?"

"그래요? 궁금하면 5백 원!"

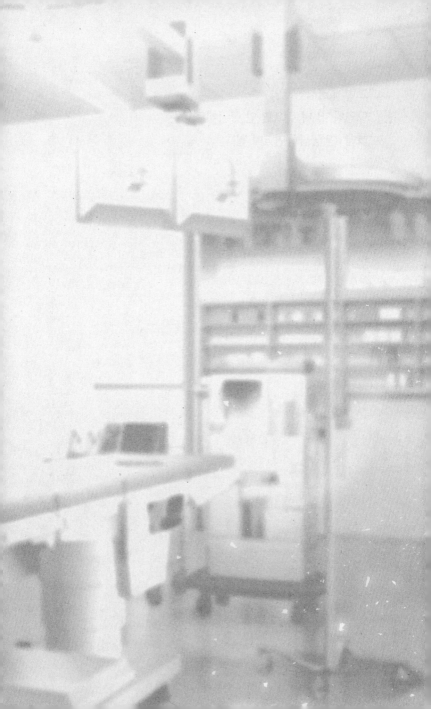

다시 연희병원으로

"저도 처음엔 감쪽같이 속았죠. 워낙 싹싹하고 밝은 사람이라……."

"그래, 나도 그랬다니까? 그런데 어떻게 눈치를 챈 거냐고?"

정직한 과장이 궁금한 듯 얼굴을 들이밀었다.

"이상했어요. 항상 보면 김정균 선생이랑 저랑 나눈 대화 내용을 김봉구 계장이 알고 있었고, 그 내용은 고스란히 동해병원으로 전달이 되더라고요! 특히, 의약품 구매 건에 관해서요."

"그러니까 윤찬이 네가 보고를 하지 않았는데도 말이지?"

"네. 처음엔 우연의 일치라고 생각해서 그냥 무시했는데,

좀 찜찜하잖아요? 그래서 지금처럼 몇 번 미끼를 던져 봤죠."

"어떤?"

"차세대 여동생이 알스트롬 증후군에 걸린 걸 알고 있더라고요. 난 분명 김정균 선생한테만 얘기했는데 말이죠."

"뭐라고? 동해병원이 그걸 알고 있었다고?"

"네, 김봉구 과장을 통해 동해병원으로 간 건지, 김정균 선생이 직접 보고한 건지는 모르겠지만요."

"헐, 어이없군."

"그때 뭔가 상황이 이상하게 돌아가고 있다는 걸 눈치챘어요. 그래서 알아보니 첫 번째 우리 작전이 실패했던 결정적인 원인이 바로 김정균 선생이었어요."

"젠장! 아무리 정보가 일부 새어 나갔다고 해도 자세히는 몰랐을 텐데, 그걸 어떻게 알아챈 거지? 그 정도 가지곤 완전히 눈치채긴 힘들었을 텐데."

"바로 이거요."

난 정직한 계장한테 초소형 녹음기를 내밀었다.

"이거? 초소형 녹음기 같은데? 설마, 김정균이가?"

"네, 어이없게 제 책상 밑에 설치돼 있더라고요."

"야, 그러다 그놈이 눈치채면 어쩌려고 이걸 가져왔어?"

"괜찮아요. 똑같은 걸로 바꿔 놨으니까요."

"그래? 그럼 다행이고. 그래서 두 번째 작전 때, 콩콩이 삼총사를 이용하는 게 위험할 수 있다고 했던 거야?"

"네, 그렇습니다. 이미 나를 도청하고 있었다면 콩콩이 삼총사를 다시 이용하는 건 자살행위니까요."

"어쩐지 김봉구 그 멍청한 인간이 요리조리 잘 빠져나간다 했다! 와, 진짜 쥐새끼 같은 놈이네?"

하아, 정직한 계장이 어이없다는 듯이 혀를 내둘렀다.

"네, 사람 속은 모르는 거니까요."

"그렇다고 해도, 김정균 그 작자가 동해병원 프락치라는 걸 100% 확신할 순 없잖아?"

"후후후, 그래서 또 이게 필요했던 거죠."

난 또 하나의 초소형 녹음기를 그에게 내밀었다.

"이건 뭐야?"

"뭐긴요, 녹음기지. 이에는 이, 눈에는 눈 아닙니까? 김정균이 나를 도청하고 있다면, 저도 같은 수로 응수해 줘야죠. 원래 등잔 밑이 가장 어두운 법이니까요. 아마, 김정균 선생은 내가 눈치챈 걸 꿈에도 모를 겁니다."

"그래, 잘했다, 잘했어!"

"이 파일을 들어 보시면 아시겠지만, 황웅제약 박 부장, 동해병원 윤 사무장과 주기적으로 만난 정황이 포착되어 있습니다. 이 파일을 얻기까지 콩콩이 삼총사의 역할이 컸어요."

"어휴! 깨물어 주고 싶은 놈들! 그래, 이거면 충분한 스모킹 건이 되겠군."

"네, 이건 제3자가 녹음한 파일이라 법정에서 증거자료로

활용되진 못하겠지만, 따로 모은 게 있어서 범죄 입증은 어렵지 않을 거예요."

"그래. 그러면 나머진 그 박영선 검사한테 맡기면 되는 건가?"

"네, 지금까지 모아 둔 증거자료는 차고 넘치니까요. 황웅제약, 동해병원, 그리고 김정균까지 모두 줄줄이 엮일 겁니다."

"흐흐흐, 빵에 들어가 있는 김봉구하고 허세 형량도 추가되겠군? 한 5년 정도 더 나오려나?"

"글쎄요. 의료법 위반에 횡령, 배임까지 추가되면 좀 더 나오지 않을까요?"

"좋아, 좋아! 아주 좋아! 네가 최고다!"

정직한 계장이 만면에 미소를 띠며 엄지를 추켜세웠다.

❤

1년 후.

그렇게 내가 이곳에 온 지 3년이 다 되어 갈 무렵, 검찰 조사를 받은 김정균은 결국 재판에서 실형을 선고받음으로써 더 이상 의사 생활을 할 수 없게 되었다.

허세 소장을 비롯해, 김봉구 계장, 주근식 과장도 마찬가지로 김정균과 운명을 같이할 수밖에 없었다.

동해병원이 문을 닫은 건 덤이었다.

"윤찬아, 그동안 고마웠다."

정직한 계장이 양팔을 끌어당겼다.

"헐, 지금 울어요?"

"울긴 누가 울어, 인마!"

"에이, 우는 것 같은데?"

"아니라니까! 내가 어린애냐, 울게?"

정직한 계장이 훌쩍거리며 옷소매로 눈물을 훔쳐 냈다.

"저도 고마웠어요. 계장님 덕분에 3년 동안 행복했습니다."

"그래, 내가 교도관 생활을 시작한 지 20년이 다 되어 가는데, 너랑 보낸 3년이 가장 보람찼어. 정말, 스펙터클했다!"

"네, 계장님 덕분에 재소자들에 대한 편견도 없앨 수 있었어요. 역시, 진심으로 대하면 통하는 것 같더라고요."

"맞아, 죄는 미워해도 사람은 미워하지 말라는 말이 있잖아. 우리가 진심으로 대하면 그들 역시 진심으로 대하는 법이지."

"네, 그런 것 같아요."

"그래, 이제 병원으로 복귀하면 여긴 새카맣게 잊겠지?"

"네, 지긋지긋합니다. 교도소."

"그래, 뭐 좋은 추억이라고 여길 기억하겠니? 모두 잊고 네 삶을 살아라. 넌, 분명히 좋은 의사가 될 거야."

"하여간, 내가 계장님한테는 무슨 말을 못 하겠네요. 농담이에요. 뭘, 그렇게 진지하게 받아들이세요?"

"그러냐? 그럼 가끔 놀러 올 거야?"

흐흐흐, 정직한 계장이 팔짱을 끼며 능글맞게 웃었다.

"이거나 빼요! 계속 이런 식이면 정말 안 올 테니까."

"왜? 난, 너 좀 좋아하면 안 되냐?"

정직한 계장이 더욱더 내 옆구리를 파고들었다.

"헐!"

그렇게 난 3년간의 파란만장했던 교도소 공보의 생활을 무사히(?) 마무리 지을 수 있었다.

기다려라!

연희대학교 부속 세바스찬 병원이여.

이제 다시 돌아간다.

생과 사의 경계에서 치열하게 사투를 벌이는 용광로 같은 그곳으로!

연희대학교 부속 세바스찬 병원, 고함 교수 연구실.

"어서 와라, 시다바리!"

빙그르, 연구실로 들어가자 고함 교수가 의자를 돌려 앉았다.

"오자마자 다시 돌아가고 싶네요. 저, 갈래요."

"그래? 교도소가 그렇게 좋아? 이번엔 깜방으로 보내 줄까?"

3년이란 시간은 많은 것을 변화시켰다.

본관 흉부외과 병동도 증축됐고.

응급실도 새 단장을 했으며.

철없던 택진이도 제법 어른이 돼서 돌아왔건만.

고함 교수는 하나도 안 변했다. 아니, 예전보다 더 심해진 것 같았다.

"후우, 그게 3년 만에 돌아온 제자한테 할 소립니까? 깜방을 보내요?"

"어라? 따박따박 말대꾸하는 거 봐라? 너, 많이 컸다? 교도소에서 조폭들이라도 구워삶아 놨냐?"

"네네, 그러니까 밤길 조심하십쇼."

"후후후, 정말 느물느물한 게 말발이 많이 늘었네? 이리와, 인마. 한번 안아 보게."

고함 교수가 양팔을 활짝 펼쳤다.

"하여간!"

이럴 거면서 괜한 트집은.

와락, 난 달려가 그의 품에 안겼다.

"잘 왔다, 내 새끼!"

고함 교수가 날 따뜻하게 안아 주었다.

그리고 또 하나 나를 반겨 줄 사람, 그는 내 평생지기 이택
진이었다.

"어이, 친구 오셨는가?"

의국에 들어서자 나보다 1년 먼저 복귀한 이택진이 반갑
게 맞아 주었다.

와락, 택진이가 뜨겁게 날 포옹해 주었다.

"그래. 반갑다, 택진아!"

"아이고, 제대를 축하해야 할지, 위로해야 할지 모르겠지
만, 아무튼 복귀를 환영한다."

"왜? 무슨 일 있어?"

"왜긴! 환자들은 미어터지지, 어리바리한 레지던트 저것
들 때문에 내 복장 터지지, 아주 울화통이 터져 못 살겠다,
정말!"

"애들 상태가 많이 안 좋아?"

"그거야 차차 경험하면 알 일이고, 아무튼 너 없는 사이에
흉부외과는 한상훈 교수 라인이 장악했어."

"그래, 알아. 지금부터 하나하나 바로잡아야지. 그나저나
한상훈 교수가 어떻게 과장이 된 거야?"

"후우, 그 얘기 하자면 3박 4일도 모자라. 나중에 술 한잔
하면서 하자. 아무튼, 너 없는 사이에 많은 일이 있었다."

이택진이 답답한 듯 한숨을 내쉬었다.

"그래, 당연히 뭔 일이 있었겠지. 흉부외과 과장 자린 한

상훈 교수 따위가 그렇게 쉽게 앉을 자리가 아니니까."

"아무튼, 상황이 만만치가 않아. 우리 편이라곤 고함 교수랑 이기석 교수뿐이야."

"언제는 두 분 빼고 우리 편이 있긴 했나?"

"인마, 그래도 그때하곤 다르지."

"고함 교수, 이기석 교수님만 계시면 돼. 두 분이 우리 흉부외과 전부 아니냐?"

"그거야 그렇긴 하지만, 아무튼 너도 당분간은 몸 좀 사려라. 분위기 파악하기 전까지만이라도."

"분위기는 무슨? 의사가 환자 치료하면 되는 거지. 나, 그런 거 하나도 관심 없다."

"어휴, 내가 네 고집을 어떻게 꺾냐? 아무튼 곳곳이 지뢰밭이야. 조심하자, 응?"

"그래, 알았어."

"그나저나 나 수술방 들어가야 하는데, 너 어떡할래? 수술 끝나고 귀남이랑 간만에 뭉쳐야지!"

"그래, 난 천천히 병원 구경이나 할게."

"그래라. 간단한 시술이니까, 1시간 정도면 충분할 거다."

"후후후, 무슨 수술인데?"

"부정맥 환잔데, 냉각도자 절제술 할 거야."

"올! 도자절제술이 언제부터 간단한 시술이 된 거냐?"

"인마! 공보의 3년을 고스톱 쳐서 딴 줄 아냐? 보건소에 있으면서 도자절제술 이거 한 20번도 더 해 본 것 같다.”

“그래? 훌륭한데?”

“고럼! 이젠 눈 감고도 해.”

녀석이 어깨를 으쓱거리며 턱을 내밀었다.

“그래, 시술 잘하고 와. 나 병원 구경하러 갈 테니까.”

“알았다. 이따가 보자.”

연희병원 1층 로비.

와, 음료수 자판기 많이 생겼네? 오! 이젠 원두커피도 나와?

또르르르. 자판기에서 커피 한 잔을 뽑아 마시며, 그렇게 병원 이곳저곳을 돌아다닐 때였다.

“김윤찬 선생님!”

어디선가 익숙한 남자 목소리가 들려왔다.

“선생님, 여기예요, 여기!”

내가 두리번거리자 남자가 손을 흔들어 댔다.

“어?? 한용기 대원님?”

그는 예전에 정선에서 인연을 맺었던 구조대원 한용기였다. 워낙 서글서글한 얼굴에 선 굵은 외모라 단번에 알아볼 수 있었다.

"네네, 반갑습니다, 선생님! 저 알아보시겠어요?"

"그럼요. 한 번에 알아보겠는걸요. 하나도 안 변하셨어요!"

"하하하, 선생님이야말로 완전 방부제 피부인데요? 하나도 안 변하셨어요!"

"에이, 그럴 리가요."

"아닙니다. 정말 꽃미남 피부 그대로예요."

"흐흐, 감사합니다."

"공보의로 경춘교도소에서 근무하신다는 소문은 들었는데, 언제 복귀하신 겁니까?"

"네, 복귀한 지 얼마 안 돼요. 그나저나 여긴 어쩐 일이에요? 어디 아픈 건 아니죠?"

"그럼요! 튼튼합니다. 저 같은 사람들만 있으면 아마 병원 문 닫아야 할걸요. 그나저나 저, 서부소방서로 발령받았어요."

"아, 그래요?"

"네네. 본의 아니게 시골 촌놈이 서울에서 살게 됐습니다."

"그렇구나. 잘됐네요. 윤찬이는 잘 크죠? 내 입으로 윤찬이라고 하니까 좀 어색하네요. 윤찬이가 다섯 살인가, 여섯 살인가?"

"하하하, 네. 올해 여섯 살입니다."

"정말요? 와! 벌써 시간이 그렇게 흘렀나요? 아내분도 잘 계시죠?"

"아, 그게, 저기, 오늘 출산했습니다!"

한용기 대원이 쑥스러운 듯 뒷머리를 긁적거렸다.

"와! 정말요? 둘째가 생기셨군요!"

"네네! 어쩌다 보니."

"하하, 축하해요. 윤찬이 좋겠네, 동생 생겨서."

"아뇨. 이 녀석, 둘째 생기니까 질투가 장난 아니에요. 동생 생기면 몰래 때려 준다고 하더라고요."

"그래요? 원래 동생 생기면 다 그런다고 하더군요. 그나저나 아들입니까, 딸입니까?"

"흐흐흐, 공주님입니다."

"축하합니다. 산모는 건강하죠?"

"아, 네에."

산모란 말에 한용기 대원이 말끝을 흐리는 것 같았다.

"왜요? 혹시 무슨 문제라도?"

"아닙니다, 아무것도."

하지만 그 짧은 순간에도 한용기 대원의 얼굴에 근심이 스쳐 지나가는 듯했다.

뭔가 안 좋은 일이 있는 것 같은데…….

"그렇군요. 그나저나 따님은 엄마를 닮아야 하는데."

"저도 그랬으면 좋겠는데, 머리 큰 게 딱 저를 닮았더라고요."

"아기 땐 다 그렇습니다. 너무 걱정 마세요."

"그런가요? 다들 장군감이라고 해서요."

"하하하, 저도 조만간 한번 들르겠습니다. 지금 아내분 산부인과 병동에 계시죠?"

"네, 연희병원 산부인과가 좋다는 소리를 들어서요."

"네, 맞습니다. 아, 네. 잘하셨네요. 산부인과면 우리 병원이 전국 톱 수준이에요."

그렇게 난 복귀하자마자 우연히 한용기 대원을 만나게 되었다.

한용기 대원의 딸

그날 저녁.

난 택진, 귀남과 함께 청수옥에서 오랜만에 뭉쳤다.

"귀남아, 일은 할 만해?"

큰 수술을 했던 김귀남. 1년을 쉬었지만 덕분에(?) 군대를 면제받았기에 우리보다 연차가 빨랐다.

"어, 내가 워낙 아이들을 좋아하잖아. 항상 즐겁게 일하고 있어. 나도 이제 많이 강해졌으니까."

"새끼! 네가 강해졌다고? 지나가던 삼식이가 웃겠네. 윤찬아! 귀남이 얼굴 좀 이상한 데 없냐?"

"어? 잘 모르겠는데?"

"얼굴이 퉁퉁 부었잖아! 허구한 날 울다가 뚝 한 지 얼마 안 돼."

"왜?"

"왜긴, 환자 때문이지. 흐음, 은수라고 루키미아(백혈병) 환자인데, 지난달에 하늘나라로 갔거든. 저 새끼, 그때부터 한 달 내내 울기 시작해서 눈물 그친 지 며칠 안 됐거든. 그런데 강해져? 얼척없네."

오물오물, 택진이가 곱창을 오물거리며 빈정거렸다.

"야! 이택진! 너, 은수 얘기는 또 왜 하는데!"

은수 얘기에 울컥했는지 귀남의 목소리가 떨렸다.

"저 봐, 저 봐. 또 글썽거리잖아. 윤찬아! 피해라, 물벼락 맞기 싫으면! 저 새끼 수도꼭지 터지기 일보 직전이야."

"야, 공보의 3년에 인생 말년 차 같은 너보다 귀남이가 훨씬 나아!"

"그래그래, 너희는 그렇게 살아라. 난 이렇게 행복할 테니. 그래서 곱창 안 먹는다는 거지?"

와구와구, 이택진이 무식하게 입 속에 곱창을 욱여넣었다.

잠시 후.

그렇게 오랜만에 만나 회포를 푼 우리. 술 몇 잔이 들어가니 다들 얼굴이 발그레했다.

"그나저나 한상훈 교수가 어떻게 흉부외과 수장이 된 거야? 난 이해가 잘 안 되네?"

꿀꺽, 난 소주를 입 속에 털어 넣었다.

"그게 말이야, 사실은 너 교도소 의무관······."

"야! 하지 마! 그 얘기를 여기서 왜 꺼내는데?"

택진이가 말을 꺼내자 귀남이가 그의 팔을 잡아당겼다.

"어차피 윤찬이도 알게 될 일이야. 매도 미리 맞는 게 낫지."

"아니, 그래도 지금 굳이 그 얘기를 꺼낼 필요는 없잖아?"

"귀남아, 괜찮아. 말해 봐, 택진아! 내가 알아야 할 일이 뭔지."

"그래, 일단 한 잔 마시고 시작하자."

또르르, 택진이 자기 잔과 내 잔에 술을 채웠다.

"하아, 이런 걸 두고 기사회생이라고 하나? 그러고 보면 한상훈 그 인간의 비열함의 끝은 도대체 어디까지인지 모르겠다! 참 명도 길어."

쭈욱, 이택진이 잔을 들고 천천히 들이켰다.

"빨리 말해, 뜸 들이지 말고."

"그래, 인마. 너, 너네 교도소에 김범식이라는 재소자 있었지?"

"김범식 씨?"

"그래, 김범식! 그 사람 딸이 이름이 뭐더라?"

"지안이?"

"맞다, 김지안!"

"그 아이가 이 일과 무슨 상관인데?"

"졸라 상관있지. 고함 교수님이 그 아이 수술을 하셨으니까."

"그게 무슨 상관이라는 거지?"

"인마, 연희대학교 정식 교수가 타 병원에서 수술을 한다는 게 말이 되는 얘기냐?"

"그게 왜 문제가 되는데? 내가 알기론 그런 사례는 많아."

"많지, 당연히 많긴 한데, 연희에는 없어."

"그게 무슨 소리야? 좀 더 자세히 설명해 봐."

"음, 윤찬아! 그건 택진이 말이 맞아. 연희병원은 교수 임용할 때, 계약상 절대로 연희병원에 입원한 환자 외의 환자는 수술을 할 수 없도록 해. 게다가 고함 교수님은 연희병원도 아니고 다른 병원에서 수술을 하셨잖아."

"나한테는 그런 말씀 전혀 없으셨는데?"

"그러면 고함 교수님이 병원 규정 때문에 못 한다고 할까? 환자가 죽어 간다는데, 옷을 벗는 한이 있더라도 살릴 사람인데."

"결국, 나 때문인 건가?"

"야, 넌 너무 너를 과대평가해. 네가 부탁해서가 아니라, 환자가 아파서야. 쓸데없는 자책감 가질 필요 없다고. 너 때문이 아니니까."

"그래. 윤찬아. 고함 교수님 스타일 알잖아. 이건 전적으로 고함 교수님이 선택한 일이야, 너 때문이 아니라."

귀남이가 옆에서 거들었다.

"결국 고함 교수님이 지안이 수술을 한 게, 병원 측의 양해를 받았던 게 아니라는 거야?"

"후우, 연희가 어떤 곳이냐? 눈곱만큼도 병원에 누가 되는 일은 애초에 허락이라는 거 자체가 없어! 만약에 허락해 줬다가 사고라도 치면? 그거 누가 책임지겠어?"

"그래서?"

"고함 교수, 특별 휴가 받아서 거기 병원으로 가신 거다. 그 아이 살리려고. 근데, 나기만 그 살쾡이 같은 인간이 그걸 눈치챘나 봐."

"나기만 선생이?"

"그래그래. 나기만 완전 한상훈 껌딱지잖아. 이 일로 둘이 붙어먹었거든. 뭐, 적과의 동침 비슷한 거지만. 아무튼, 한상훈이 그걸 가지고 고함 교수한테 쇼부를 친 것 같아."

"무슨 쇼부?"

"자기를 후계자로 받아 달라는 거였지. 지퍼 채우는 조건으로. 이번에 고함 교수가 과장이 될 수 있도록 밀어줄 테니, 차기 과장 자리는 자기한테 달라는 거지."

"그걸 고함 교수님이 받아들일 리가 없잖아?"

"두말하면 잔소리고 안 봐도 비디오지. 그게 고함 교수한테 씨가 먹히겠냐? 당신은 과장 같은 거에 관심 없으니까,

맘대로 하라고 쫓아내 버리셨지. 우리 개간지 보스께서."

쭈욱, 이택진이 소주를 단숨에 들이켰다.

"그래서?"

"뭐가 그래서야? 한상훈 교수 입장에선 물불을 가릴 처지야, 가뜩이나 수세에 몰렸는데? 뭐, 이도 저도 안 되니까 물귀신 작전을 편 거야. 같이 죽자 이거지."

"물귀신 작전?"

"교수 회의에 고함 교수 일탈을 죄다 까발렸어. 솔직히 자기 혼자는 못 죽겠고 같이 죽겠다는 악수였는데, 그런데 이게 기가 막힌 묘수가 되어 버렸잖아."

"묘수? 어떤?"

"어라, 공교롭게도 허풍선 과장이 뇌출혈로 쓰러져 버렸네? 그럼 어떡해? 갑자기 과장 자리는 공석인데, 고함 교수를 앉혀 놓자니 규정 위반이 걸리고, 이기석 교수는 곧 미국으로 들어갈 거라 한사코 과장 자리 고사하는데."

"그래서 한상훈이 어부지리로 그 자리에 앉은 거다?"

"그래, 어부지리란 말이 딱 이 상황에 적당하겠네. 한상훈 교수 단독 입후보해서 찬반 투표를 했는데, 찬성 75 대 반대 72 기권 2로 극적으로 과반 넘겼다. 천운도 그런 천운이 어딨냐?"

"……."

"근데 더 중요한 건, 이 모든 걸 뒤에서 설계하고 움직인기만 선생이라는 거야. 한마디로 한상훈의 장자방 역할을 한 거지."

"나기만 선생이?"

"그래, 지속적으로 고함 교수 마킹한 것도 그 인간 머리에서 나온 거고, 교수들 만나면서 로비한 것도 나기만 선생이란 후문이야. 물론, 총알이야 한상훈이 쏴 줬겠지만."

"그래도 한상훈 교수는 너무 흠집이 많은데?"

"흠집? 흠집이야 졸라 많긴 하지. 그런데 어떡해, 그렇다고 흉부외과 문 닫을 거야? 게다가 한상훈 교수가 나름 자기 능력을 포장하는 능력은 탁월하잖아? 돈으로 샀건, 금덩어리를 안겨 주고 뺏어 왔건 이력서만큼은 누구 못지않게 화려하잖아? 딱히 결격 사유가 없으니까, 병원 입장에서도 찜찜하지만 어쩔 수 없는 거지."

"타 과 교수들도 한상훈 교수를 고운 시선으로 보진 않을 텐데?"

"물론, 처음에는 교수들 사이에서도 반대가 극렬하긴 했었지. 너도 알다시피 친고함 교수파가 좀 많냐? 심장내과 변태석 교수님, 내분비 한민우 교수님이 앞장서서 반대하긴 했어."

"그래서?"

"……."

"그래, 사람들이 참 간사해. 그래도 한상훈이 불리했거든?

그런데 그걸 하나하나 지극정성으로 입막음한 게 나기만 선생이야. 뭐, 한 교수님이나 변 교수님은 설득하지 못했지만, 나머지는 대충 나기만 이빨로 넘어갔나 보더라. 물론, 그것도 한상훈 교수의 이게 없었으면 무용지물이었겠지만."

이택진이 엄지와 검지를 붙여 동그랗게 만들었다.

"어이없군."

"세상에 어이없는 일이 한둘이냐? 아무튼, 여기까지 왔으면 한상훈 교수 입장에선 나기만을 버리려야 버릴 수 없는 상황이 되어 버렸지. 그러니까 너도 당분간은 조심하라는 거야. 이제 막 권력을 잡은 사람이야. 가장 날이 서 있을 때라고."

"그래, 윤찬아, 그건 택진이 말이 맞아. 지금은 납작 엎드려 있을 때인 것 같아."

귀남이 역시 이택진과 같은 생각이었다.

"……."

💔

다음 날, 고함 교수 연구실.

"교수님, 제게 왜 말씀하시지 않았습니까?"

"무슨 소리를 지껄이는 거야?"

"지안이 수술……."

"미친놈, 그게 무슨 대수라고 아침 댓바람부터 찾아와서 따져? 환자가 죽어 가는데, 의사라는 인간이 그냥 처앉아 있으랴, 이놈아!"

"아니, 아무리 그래도 병원 규정도 있는데……."

"규정은 무슨 말라비틀어질 규정이야? 그런 개떡 같은 규정 따위를 들먹이면 내가 눈 하나 깜박거릴 줄 알아?"

"그래도 교수님이 너무 피해를 보신 것 같아 제 맘이 무겁습니다. 이번엔 분명 교수님이 과장님으로 승진하실 기회였잖습니까?"

"얼어 죽을 과장? 그거 뭐냐? 먹는 거냐? 난 그따위 감투에 관심없다. 너, 나랑 원투 데이 지냈냐? 내 성격 몰라?"

"하아, 아무튼 죄송합니다."

"됐거든. 착각 마라, 너 때문에 아니니까. 내가 말했지? 난 환자 살리고 싶어서 환장한 놈이라고."

"네, 교수님."

"과장 그런 거 1도 관심 없다. 그리고 네 잘못도 아니야."

"네? 그게 무슨 말씀이십니까?"

"어차피 상천병원 원장이 지안이 수술 때문에 조언을 구하겠다고 연락이 왔었어. 때마침 나도 지안이 상태가 궁금했고, 그래서 여차여차해서 내가 집도한 거지. 공교롭게도 그때 네가 때마침 연락한 것일 뿐이야."

"정말입니까?"

"아, 새끼! 그렇게 못 믿겠으면 네가 상천병원 원장한테 연락해 보면 될 것 아냐?"

"저, 진짜 해 봅니다."

"그건 네 맘대로 하고, 그거보다 어제 간만에 술 한잔 빨았더니 속이 뒤집어진다. 너, 시간 괜찮으면 나랑 해장국이나 한 그릇 때리고 오자. 응?"

고함 교수가 자신의 배를 문지르며 오만상을 구겼다.

"네, 그렇게 하시죠."

"그래그래. 내일부터 정식 출근이냐?"

"네."

"뭘 기대하든 그 이상일 거다. 내가 아주 곡소리 나게 굴려 주마. 가뜩이나 요즘 갈굴 사람 없어서 심심했는데 잘됐다."

흐흐흐, 고함 교수가 능글맞게 웃으며 내 어깨에 팔을 걸쳤다.

하, 호랑이가 잠시 주춤한 사이에 여우가 권력을 잡은 꼴이군.

그렇다면 여우를 잡을 방법은 두 가지뿐이다.

호랑이가 회복되길 기다리거나.

아니면, 여우를 산속에서 끌어내거나.

아무튼, 지금은 택진이 말대로 잠시 몸을 낮추고 관망할 때였다.

며칠 후, 컨퍼런스 룸.

병원에 복귀하고 처음으로 참여하는 컨퍼런스였다. 발표자는 나기만 조교수였다.

지이이잉.

스크린이 내려오자 나기만 교수가 프레젠테이션을 시작했다.

"본원 OB(산과)에서 우리 과로 트랜스퍼된 환자로, 생후 78시간 경과한 신생아입니다. 진단명은 NSCLC(Non Small Cell Lung Cancer, 비소세포폐암)입니다."

웅성웅성.

생후 78시간 된 영유아가 선천적으로 폐암을 가지고 태어났으니 분명 흔한 케이스는 아니었다.

"모라큘러 타깃 테스트는 해 본 건가?"

나기만의 브리핑을 경청하던 고함 교수가 물었다.

"네, 그렇습니다. EGFR(상피세포 수용체) 및 ALK 양성 결과입니다."

ALK 검사 결과 양성이란 건, ALK 유전자 돌연변이가 있었다는 걸 의미했다. 또한, 유전자 돌연변이가 있었다는 건, 폐에 암 조직이 생겼다는 것을 간접적으로 의미했다.

"그 밖에 검사는?"

"BRAF, KRAS 검사 모두 아데노칼시노마(폐선암)를 의심케 하는 결과가 나왔습니다. 상세한 검사 결과 자료는 별첨 자료에 첨부해 두었습니다."

"그렇군. 이런 케이스는 흔하지 않은데 말이야. 안 그래, 이 교수?"

고함 교수가 심각한 표정으로 이기석 교수에게 물었다.

"그러게 말입니다. 나 선생, 그러면 지금 산모 상태는 어떤가요? 혹시 기저 질환이 있나요?"

이기석 교수가 나기만에게 물었다.

"산모는 글래시 칼시노마 오브 썰빅스(유리양 세포 자궁 경부암) 1B기입니다."

생후 78시간 된 신생아가 폐암을 가지고 태어났다? 거기에 아이의 엄마는 자궁 경부암??

나기만 교수의 브리핑은 충격적이었다.

"택진아, 나 산부인과 병동에 좀 다녀올게."

컨퍼런스가 끝나자마자 떠오르는 얼굴, 한용기 대원. 일단 그를 좀 만나 봐야 할 것 같았다.

"거긴 왜?"

"아, 만날 사람이 있어서."

"만날 사람? 누군데? 복귀한 지 얼마 되지도 않은 놈이 누굴 만나?"

"예전에 정선에서 탄광 사고 있었던 거 기억나?"

"후우, 그걸 어떻게 잊냐? 근데 갑자기 그건 왜?"

"그때 도움을 주셨던 구조대원 중에 한용기 대원이라고 있는데, 그분 아내가 우리 병원에서 출산을 했다더라고."

"아! 그, 아들 이름을 윤찬이라고 지었다는?"

"어, 맞아. 며칠 전에 로비에서 우연히 만났는데, 한용기 대원 와이프가 공주님을 순산했다고 하더라고. 그래서 한번 가 보려고."

"오호, 잘됐네! 너 한용기 대원 얘기 자주 했잖아. 그 사람 아니었으면 이미 이 세상 사람이 아니었을 거라고."

"응, 그 사람 없었으면 그때 진짜 곤란할 뻔했었지. 나한테는 아주 고마운 사람이야."

"근데 그 사람 정선에서 일하는 거 아니었냐?"

"얼마 전에 서부소방서로 전근 왔다네."

"그래? 잘됐네. 아이들 공부시키기엔 서울이 좋긴 하지. 그래라. 좀 있다 회진 있으니까 절~대 늦지 말고! 괜히 초장부터 히드라 눈 밖에 날 필요는 없잖아?"

히드라는 택진이가 한상훈에게 붙여 준 별명이었다.

"그래, 알았다."

♥

택진이와 헤어진 후, 난 산부인과 병동으로 향했다.

그렇게 병동 입구에 다다랐을 즈음, 난 야외 흡연실에서 한용기 대원이 담배를 피우고 있는 걸 발견했다.

“어? 대원님!”

“아이고, 김윤찬 선생님!”

　치지지직, 한용기 대원이 날 보자 재떨이에 담배를 비벼 껐다.

“여기서 뭐 하고 계세요?”

“아, 네. 그냥 좀 답답해서요.”

　콜록콜록, 한용기 대원이 주먹을 말아 쥐며 마른기침을 했다.

“원래 담배 피우셨어요? 안 피우셨던 걸로 기억하는데?”

“하아, 좀 답답한 일이 있어서요.”

　콜록콜록, 기침을 하는 한용기 대원의 표정이 어두웠다.

“어휴, 예쁜 공주님이 태어나셨는데, 아빠 표정이 왜 그래요?”

“네에.”

　피식거리는 한용기 대원의 표정이 심각해 보였다.

“무슨 일 있으세요? 저 오늘 공주님 알현하러 왔는데……．”

“아, 그게 지금 우리 사랑이 못 봅니다.”

　한용기 대원이 힘없이 고개를 떨구었다.

“네? 그게 무슨 말씀이세요? 지금 아기 신생아실에 있지 않나요?"

"그게, 우리 사랑이…… 신생아 중환자실에 있어요."

한용기 대원이 착잡한 표정을 지으며 손바닥으로 이마를 문질렀다.

아까 나기만이 브리핑한 그 신생아가 한용기 대원의 딸?

서, 설마, 아니겠지?

"네? NICU(신생아중환자실)에 있다고요?"

"네, 어떻게 이런 일이 일어난 건지 모르겠어요. 선생님, 어떡하죠? 우리 사랑이가 태어나면서부터 폐암을 가지고 태어났대요! 선천성 암이라는데, 그, 그게 말이 되나요??"

한용기 대원이 그동안 숨겨 왔던 감정을 마침내 드러내고 말았다.

어처구니없군. 아까 NSCLC(비소세포폐암) 환아가 한용기 대원의 딸이었어! 로비에서 만났을 때부터 표정이 별로 좋지 않더니만.

"……."

"서, 선생님, 우리 사랑이 고칠 수 있는 거죠? 우리 아이 흉부외과 병동으로 옮긴대요. 선생님도 흉부외과 의사시잖아요."

한용기 대원이 울먹이며 내 손을 부여잡았다.

"네, 일단 따님은 우리 쪽으로 옮겨서 치료를 받을 거예요. 우리 과에 훌륭하신 교수님들이 많이 계시니 너무 걱정 마세요."

"정말입니까? 우리 사랑이 살 수 있는 겁니까?"

"네, 최선을 다하도록 하겠습니다. 그건 그렇고 아이 엄마는요? 아이 엄마는 괜찮습니까?"

자궁 경부암이란 건 알고 있었지만, 개인정보법에 의해 내가 먼저 언급할 수 있는 건 아니었다.

"……네, 아내는 얼마 전에 여기서 자궁 경부암 진단을 받았어요. 의사 선생님 말씀이 임신 초기면 유산을 하고 치료를 해야 하지만, 주 수가 너무 많이 지나서 그럴 순 없다고 하시더라고요. 다행히 암 초기라 출산하고 치료를 받아도 큰 문제는 없다고 하셔서 안심하고 있었는데……."

"그렇군요."

"네, 아이도 건강하게 태어나고 해서, 이제 와이프 치료에 전념하려고 했는데, 이런 날벼락이 떨어졌어요. 지금 어떡하면 좋을지 모르겠어요, 선생님!"

한용기 대원이 망연자실한 표정을 지었다.

"용기 씨, 힘내세요! 지금 아내분과 아이를 지켜 주실 분은 용기 씨뿐입니다. 지금부터 힘겨운 싸움이 될 수 있어요. 마음 단단히 먹으셔야 합니다."

"네에, 그래야 하는데, 자꾸 마음이 약해집니다. 아내도 그렇고 우리 아가도 그렇고……."

"아내분과 아이, 둘 다 무사할 겁니다. 그러니까 용기 씨가 중심을 잡아 주셔야 해요. 지금 가장 힘든 분은 용기 씨의 아내분이잖습니까?"

"네에. 가뜩이나 몸도 약한 여잔데, 지금 제정신이 아니에요. 산후조리도 제대로 못 하고 저도 미칠 것 같습니다."

한용기 대원이 안타까운 듯 양손으로 자신의 머리를 감쌌다.

"저도 최선을 다해 도와드릴 테니까, 힘내십시오."

"네, 선생님! 정말 감사합니다."

"저, 마지막으로 하나만 더 물어볼게요. 아내분이 제왕절개를 하신 건가요, 아니면 자연분만을 했습니까?"

"네? 아, 네. 자연분만이요, 자연분만을 했습니다. 그건 왜?"

역시, 자연분만이었던 건가?

"아뇨, 별거 아닙니다."

"아, 네."

"오늘 아이 엄마 한번 만나 뵈려 했는데, 다음으로 미루는 게 좋겠군요."

"아, 아닙니다. 아이 엄마도 선생님 만나 뵈면 좋아할 겁니다! 안으로 들어가시죠."

"아니에요. 암 환자의 경우 가능하면 외부인은 안 만나는 게 좋습니다. 그나저나 담당 주치의 선생님 성함이 어떻게 되시죠?"

"구해준 교수님이십니다."

"아, 네. 구해준 교수님이시면, 자궁 경부암 분야에선 우리나라 최고십니다. 그러니 아내분은 너무 걱정 마세요."

"그렇습니까? 선생님이 그렇게 말씀하시니까 그래도 위안이 되네요."

"네, 우리도 최선을 다할 테니, 용기 씨도 용기 잃지 마세요."

"고맙습니다, 선생님!"

한상훈 흉부외과 과장실.

그렇게 한용기 대원을 만나고 온 난, 한상훈 흉부외과 과장실을 찾았다.

한용기 대원의 부탁이 있어서기도 하지만, 반드시 내가 사랑이를 치료하고 싶었다.

"환자를 김윤찬 선생한테 달라고?"

환자가 물건이냐?

"달라는 게 아니라 제가 그 아이를 치료하고 싶습니다."

"음, 그렇게 해!"

한상훈 과장이 의외로 쿨하게 허락했다.

"정말이십니까?"

"당연하지. 의사가 환자 살리겠다는데 내가 그걸 왜 말리나? 칭찬해 줄 일이야, 칭찬!"

"네, 감사합니다."

"집도는 나기만 교수가 할 거니까, 두 사람이 잘 한번 궁합을 맞춰 보라고. 두 사람 나름 인연이 있지 않나?"

나기만이 집도라고?? 이 어려운 수술을?

"나기만 선생이 집도를 한다고요?"

"어허, 이 사람아, 나기만 선생이 뭔가? 비록 조교수지만 엄연히 교수야, 나기만 선생은! 호칭 똑바로 해."

한상훈 과장이 눈을 치켜떴다.

"아, 네. 죄송합니다. 나기만 교수님이 사랑이 집도의시라는 게 잘 납득이 되질 않아서요."

"어! 그 아이 이름이 사랑이인가?"

"네, 아직 이름은 못 지었고, 태명이 사랑입니다."

"그렇군. 그건 그렇고 왜 납득이 안 된다는 거지? 나기만 교수는 나름 NSCLC(비소세포폐암) 분야에선 베테랑이야. 자네가 교도소에 가 있는 동안, 눈부신 성장을 이뤄 냈지. 내가 생각하기엔 충분히 자격이 있는 것 같은데, 무슨 문제 있나?"

"아, 아닙니다. 알겠습니다. 나기만 선…… 아니 교수님을 보좌해서 최선을 다해 보도록 하겠습니다."

"그래그래. 김윤찬 선생은 앞으로 우리 흉부외과를 이끌어 갈 인재 아닌가? 나기만 교수 옆에서 잘 배워 두면, 그게 다 살이 되고 피가 될 거야."

"네, 열심히 배우겠습니다."

"그래, 오늘은 내가 좀 바쁘니까, 우리 나중에 식사나 한 끼 하자고, 출소 기념으로."

찡긋, 한상훈 과장이 한쪽 눈을 찡그리며 빈정거렸다.

내가 재소자야, 출소하게?

"네, 맛있는 걸로 사 주십시오."

"허허허, 자네, 몇 년 사이에 많이 변했네? 그런 말도 할 줄 알고?"

"네, 상하 관계가 엄격한 곳에 있다 보니 자연스럽게 터득하게 되더라고요."

"좋아, 좋아! 아주 좋은 현상이야. 그러면 나중에 봄세."

"네."

성인의 폐하고 태어난 지 일주일도 채 되지 않는 신생아의 폐는 완전히 다르다.

신생아는 몸집이 작은 성인이 아니다.

폐혈관 강도, 굵기, 길이, 복잡도가 어른하고는 완전히 다르다. 그러니 이 건은 성인 비소세포폐암 몇 번 집도해 봤다고 할 수 있는 수술이 아니야.

분명, 이 점은 한상훈 저 인간도 모르진 않을 텐데……

사랑이, 어떻게든 나기만이 집도하는 걸 막아야 한다!

산부인과 구해준 교수 연구실.

난 한용기 대원의 아내, 오수정의 몸 상태를 확인하기 위해 구해준 교수 연구실을 찾았다.

"오! 윤찬아, 어서 와라."

"네, 교수님."

"공보의 마치고 돌아왔다는 소리는 들었다. 얼굴이 많이 좋아진 걸 보니, 교도소 밥이 입에 맞았나 보구나."

껄껄껄, 구해준 교수가 내 얼굴을 살폈다.

"그러게요. 생각보다 맛이 괜찮더라고요."

"짜식! 3년 새에 많이 능글능글해졌네? 그나저나, 너 돌아와서 고함 교수가 많이 든든하겠구나."

"하하, 든든한 것까진 모르겠고, 따까리 돌아왔다고 좋아하시긴 하더라고요."

"그래, 가뜩이나 너네 시끌시끌한데, 네가 고함 교수 좀 위로해 줘. 나도 하는 데까진 해 봤는데, 역부족이더구나. 한상훈 그 인간이 여기저기 좀 많이 쑤시고 다녔어야지. 돈 앞에 의리고 뭐고 없더라."

끙, 구해준 교수가 못마땅한 듯 인상을 구겼다.

고함 교수가 흉부외과 과장 자리에서 탈락한 걸 말하는 모양이었다.

"원래 자리에 연연하시는 분은 아니잖아요. 괜찮으실 겁니다."

"그럼, 그럼. 이 정도 일에 무너질 우리 고함이가 아니지. 그래, 오수정 환자에 대해서 궁금한 게 있다고?"

"네, 몇 가지 궁금한 게 있어서요."

"이유를 물어봐도 될까?"

"아, 네. 사실은……."

난 구해준 교수에게 한용기 대원과의 관계에 대해서 설명했다.

"음, 그런 사연이 있었구면."

"네. 한용기 대원 딸, 치료에 도움이 될지도 몰라서요. 신생아가 선천적으로 폐암을 가지고 태어나는 경우는 흔한 케이스가 아니지 않습니까?"

"그렇긴 하지. 그러면 뭐, 개인정보법 위반 문제는 크게 걱정하지 않아도 되겠군. 음, 오수정 환자의 상태에 대해서 어디까지 알고 있지?"

구해준 교수가 차트를 펼쳐 보며 물었다.

"네, 글래시 칼시노마 오브 썰빅스(유리양 세포 자궁 경부암1B기로 알고 있습니다."

"뭐, 그 정도면 충분하지 않을까 싶은데?"

"그래도 좀 더 자세히 설명을 해 주십시오."

"그래, 뭐 어려울 게 있나. 일단, 사진부터 열어서 볼까?"

틱, 구해준 교수가 컴퓨터를 켜자 모니터에 오수정 환자의 CT 결과가 나타났다.

"환자의 상태는 비교적 양호한 편이야. 일단 암세포가 임파절까지 전이되지 않은 상황이라 골반 임파절만 제거했었지."

구해준 교수가 사진을 보여 주며 상세하게 설명했다.

"그렇군요. 사진상으로 볼 때, 그렇게 심해 보이지는 않은 것 같아요."

"그래, 잘 봤어. 여기 사진에서처럼 환자의 유러러스(자궁)는 굉장히 튼튼한 편이야. 저기 보이나? 저게 뭔지는 알겠지?"

구해준 교수가 턱짓으로 CT 사진을 가리키며 날 쳐다봤다.

"네, 암 조직인 것 같군요. 썰빅스(경부)하고 주변 조직만 일부 먹힌 것 같은데요?"

"그래, 맞아. 이 정도면 출산에 아무런 문제가 없어. 출산 후에 광범위 자궁 경부 절제술을 하면 깨끗이 도려낼 수 있거든."

구해준 교수가 고개를 끄덕였다.

"그렇군요. 그나마 천만다행이네요."

"그래, 하늘이 도왔다고 봐야지. 지금이라도 발견했으니 말이야."

"네, 그런 것 같습니다."

"그렇게 수술하고 난 후에 느슨해진 자궁체부를 테이프로

묶어서 딴딴하게만 동여매 주면 아무런 문제가 없을 환자였
거든. 그래도 조금 일찍 발견했더라면, 수술부터 하고 차후
에 출산을 했을 텐데, 너무 늦게 오는 바람에 출산부터 하고
치료하기로 계획한 거지.”

“분명 산전검사를 했을 텐데, 어떻게 글래시 칼시노마 오
브 썰빅스(유리양 세포 자궁 경부암)가 생긴 걸 몰랐을까요? 이건
초음파만 해도 식별이 가능했을 텐데요?”

“그게, 가끔 검사를 해도 안 나올 때가 있거든. 게다가 워
낙 암 덩어리가 작아서 대수롭지 않게 넘겼을 가능성도 있
어. 의사라고 다 같은 의사는 아니니까.”

구해준 교수가 천천히 고개를 내저었다.

“그렇군요. 그러면 교수님, 통계적으로 이렇게 엄마가 암
환자인 케이스는 얼마나 되죠?”

“글쎄? 정확하진 않지만, 내가 알기론 신생아 1천 명당 한
명이 채 안 되는 걸로 알고 있어. 사실상, 이 환자의 경우도
오롯이 환자만 생각한다면 아이는 포기하는 게 맞는데, 환자
가 워낙 아이를 낳겠다는 의지가 강해서 어쩔 수 없이 출산
한 케이스거든. 그런데 아이가 이렇게 폐암을 가지고 태어날
줄은 생각도 못 했어.”

구해준 교수가 안경을 벗고 눈을 꾹꾹 눌렀다.

“그렇군요. 그래서 자연분만을 하신 거군요.”

“어, 자연분만이 가능할 만큼 자궁은 튼튼했으니 굳이 제

왕절개를 할 필요는 없었지."

하지만 자연분만이 아니라, 제왕절개를 했었어야 했어!

"아, 네. 그러면 아이 엄마는 수술만 받으면 괜찮은 거죠?"

"그래, 크게 위험한 수술은 아니니까 괜찮을 것 같기는 한데, 그래도 암이라는 게 어디 가벼운 병인가? 재발할 수도 있고 여러 가지 위험 요소들은 존재해."

"네, 당연히 그렇겠죠."

"아무튼, 산모는 큰 문제가 없는데 아이가 걱정이지. 일단, CS(흉부외과)로 트랜스퍼했으니까 거기서 최선을 다해 주기 바라. 아이 수술은 고함 교수가 집도하겠지?"

"아뇨, 나기만 교수님이 집도하실 것 같습니다."

"뭐라고? 나 교수가?"

"네, 그렇습니다."

"미쳤군! 나 교수가 영유아 폐암 수술을 한다고? 나기만이가 그 수술을 할 만한 깜냥이 되나?"

구해준 교수가 어이없다는 듯이 투덜거렸다.

"과장님의 지시 사항입니다."

"한상훈 그 인간이 돌아도 단단히 돌았군! 영유아는 몸집 작은 어른이 아니야! 성인하고는 완전히 다른 생명체란 말이야. 고도의 기술과 경험이 필요한 수술을 이제 막 펠로우 테를 벗은 나기만한테 맡긴다고? 그게 말이 돼!"

구해준 교수가 얼굴이 빨개지도록 흥분했다.

"일단 내부적으로 결정이 난 사항이긴 합니다."

"안 돼! 이 수술 절대로 해서는 안 돼! 내가 당장 한상훈 과장하고 고함 교수를 만나야겠어. 내가 나기만 따위한테 수술 맡기려고 트랜스퍼시킨 줄 알아? 미친놈이 사람을 아주 잡으려고 작정을 했구먼!"

구해준 교수가 입에 침을 튀겨 가며 얼굴을 붉혔다. 지금이라도 당장 한상훈 과장실로 쳐들어갈 기세였다.

"그쵸? 교수님이 생각하시기에도 이 수술 안 되는 거죠?"

"당연하지. 그걸 말이라고 하나? 일어나. 당장 너네 과로 가게."

구해준 교수가 자리에서 벌떡 일어났다.

"잠시만요, 교수님!"

"뭔데? 빨리 말해. 지금 너네 교수 만나러 가야 하니까."

구해준 교수가 씩씩거리며 옷소매를 걷어붙였다.

"근데 애초에 수술할 필요가 없으면 되는 거 아닙니까?"

"그렇지! 수술을 안…… 뭐? 수술을 안 한다고?"

❤

흉부외과 병동 하늘공원.

"커피 한잔 하세요."

난 흉부외과 병동 하늘공원에서 한용기를 만났다.

"네에, 선생님."

며칠 사이에 수척해진 한용기였다.

"윤찬이는 누가 돌봐 주고 계시나요?"

"네, 외할머니가 챙겨 주고 계십니다."

"그렇군요. 아직 엄마의 손길이 필요할 텐데."

"희한하게 어린 녀석이 생각이 깊어요. 엄마가 아프다니까, 울지도 않고 보채지도 않더라고요. 엄마 힘내라고 이런 것도 그려서 주더라고요."

한용기 대원이 내게 윤찬이가 그린 그림을 보여 주었다.

자기 동생을 비롯한 온 가족이 환하게 웃고 있는 그림이었다.

"와, 잘 그렸네요! 그림에 소질이 있는 것 같은데요?"

"네에, 그런 것 같아요. 그렇게 자기 동생을 질투하더니 이렇게 자기가 꼬옥 안고 있네요."

그나마 아들의 그림으로 인해 미소를 띨 수 있는 한용기 대원이었다.

"아내분은 너무 걱정 마세요. 제가 주치의 선생님을 만나 뵈었는데, 크게 걱정할 상황은 아닌 것 같더군요."

"정말입니까?"

"네, 구해준 교수님의 실력이라면 수술은 잘될 겁니다."

"정말 다행이군요."

그나마 안도의 한숨을 내쉬는 한용기 대원이었다.

"그나저나 사랑이 이름도 지어 줘야 하지 않을까요? 아직 이름이 없어서 저희도 그냥 사랑이라고 하긴 하는데……."

"사실 아이가 어떻게 될지 몰라서 아직 이름을 못 지어 주었어요……."

한용기 대원이 힘없이 고개를 떨궜다.

"어휴, 왜 그렇게 약한 말씀을 하세요? 정선에서 대원님은 그 상황에서도 절대 우리를 포기하지 않으셨잖아요? 그 패기는 다 어디다 팔아먹으신 겁니까?"

"……죄송합니다."

"힘내십시오. 아기가 엄마의 배 속에 있을 때는 스스로 호흡을 못 해요. 엄마가 모든 걸 대신해 주니까요."

"……."

"그런데 세상 밖으로 나오는 순간, 드디어 첫 호흡을 하게 되죠. 태어나면서 웃는 아기 못 보셨죠?"

"네에, 그러고 보니 그렇군요."

"네, 맞아요. 아기가 첫 호흡을 터뜨리기까진 엄청난 고통이 따라옵니다. 그래서 웃을 수가 없는 거죠. 우리 사랑이는 이 감내하기 힘든 고통을 이겨 내고 세상으로 나온 거죠. 그래서 우린 이 아가의 놀라운 생명력에 기대를 거는 겁니다."

"……."

"사랑이가 한 줌 핏덩이처럼 보이는 아기지만, 이 아인 놀라운 생명력을 지니고 있어요. 아마 우리 사랑이가 견뎌야 할 고통의 무게를 어른에게 지웠다면 이미 포기했을 겁니다. 그런데도 우리 사랑이는 씩씩하게 견뎌 내고 있어요. 지금 당장 이름도 지으시고, 출생신고도 하세요. 엄연히 우리 사랑이는 대한민국의 자랑스러운 국민입니다!"

"네. 가, 감사합니다, 선생님!"

흑흑흑, 한용기 대원이 어깨를 들썩이며 흐느꼈다.

"어제 사랑이 보러 소아 중환자실에 들어갔는데, 녀석이 제 손가락을 잡더니 놓아주질 않더군요. 자기 살려 달라고! 여기서 포기하지 말라고 말이에요."

"선생님!!"

"그러니까 절대로 포기하지 마세요. 사랑이가 그랬던 것 처럼."

♥

나기만 조교수 연구실.

난 사랑이 수술을 협의하기 위해 그의 연구실을 찾아갔다.

"사랑이가 PPHN(Persistent pulmonary hypertension of the Newborn, 신생아 지속성 폐고혈압) 증세가 있습니다."

"알고 있어요. 그 정도야 약물로 치료가 가능한 범위 내에 있어요. 별거 아닙니다."

나기만 교수가 대수롭지 않다는 듯이 고개를 까딱거렸다.

"그래도 당장 수술하는 건 리스크가 너무 큰 것 같습니다. 일단, 하이폭시아(저산소증), 하이퍼카프니어(고탄산혈증)부터 잡은 후에 수술을 하는 것이 어떻겠습니까?"

"이럴 때 쓰려고 그 비싼 에크모(체외막 산소 공급기) 들여온 거 아닙니까? 게다가, 하이퍼카프니어(고탄산혈증)는 독사프람(호흡 자극제)으로 충분히 잡을 수 있어요. 만성 폐쇄성 폐 질환도 아닌데, 너무 걱정하지 마세요."

탁, 나기만이 펼쳐 든 차트를 접으며 말했다.

"교수님, 자칫 펄머너리 하이포플레시아(폐 형성 저하증)면 아이가 위험할 수 있습니다."

폐 형성 저하증이란 폐가 성장할 흉곽에 문제가 있어 폐가 제대로 발달할 수 없는 병으로, 기도나 폐동맥의 발달이 더디며 폐포 수도 현저히 떨어져, 자칫 잘못하면 호흡곤란으로 사망할 수도 있는 무서운 병이었다.

신생아에게 가장 무서운 폐 질환 중에 하나였다.

"그 정도는 저도 잘 압니다. 김윤찬 선생이 걱정하는 만큼, 저도 주의 깊게 관찰하고 있어요. 하지만 크게 신경 쓸 필요까진 없어요. 증세가 거의 없으니까. 있다 해도 치료를 하면 됩니다. 요즘 좋은 약이 얼마나 많습니까?"

"교수님, 지금은 증세가 거의 없어 보이지만, 조금이라도 호흡기 쪽에 문제가 생기면, 그때 발현하는 케이스가 많습니다. 면밀한 검사가 필요합니다."

"지금 아이 몸에 종양이 자라고 있는 것보다 더 위험한 게 있습니까? 지금 사랑이 생명을 가장 위협하는 건, 아이 폐에 생긴 종양이라는 걸 잊지 마세요."

나기만은 어떤 일이 있더라도 사랑이 폐 수술을 강행하려 했다.

"네. 그렇긴 하지만, 사랑이 폐에 생긴 종양은 촌각을 다툴 정도로 리스크가 크진 않습니다. 하지만 하이포플레시아는 단순한 인플루엔자 감염에도 아이가 위험해질 수 있어요. 먼저 치료되어야 하고, 좀 더 주의를 기울여 관찰해야 합니다."

"네네, 그러려고 김윤찬 선생이 있는 것 아닙니까? 잘 관찰하고 조금이라도 문제가 생기면 저한테 보고하세요. 그러면 적절한 조치를 취할 테니."

나기만이 내 말은 귓등으로도 듣질 않는 것 같았다.

"그러니까 수술 일정을 좀 미루는 것이……."

"지금 김윤찬 선생이 선을 넘고 있는 거 아시죠?"

나를 응시하는 나기만의 시선이 날카로웠다.

"네?"

"집도의는 접니다. 제가 판단하고 제가 결정하는 거예요. 김윤찬 선생의 역할은 제 지시에 충실히 따르기만 하면 되는 겁니다."

"……."

"아직까지 수술 일정을 바꿀 생각은 추호도 없어요. 수술을 할 만하니까 하는 겁니다."

"교수님, 그래도 일단 폐 형성 저하증이 의심되는 정황이 몇 가지 있습니다. 매우 위중한 병이니 몇 가지 확인을 해 봐야 합니다. 선천적 다이아프라그마릭 헤르니아(가로막 탈장)나 흉곽 기형, 심장 기형이 있을 수 있고, 무엇보다 폐 고혈압부터 치료가 되어야……."

"어휴, 우리 김윤찬 선생님, 공부 많이 하셨네요? 그래서 일산화질소 요법도 쓰는 거고, 일로프로스트(폐동맥 확장제), 보센탄(폐 고혈압 치료제) 같은 값비싸고 좋은 약이 있는 거예요. 괜한 걱정 하지 마세요."

나기만이 칼같이 말허리를 잘라 버렸다.

당신! 뭔가 대단히 착각하고 있나 본데, 사랑이는 당신의 레퍼런스가 되어 줄 카데바가 아니야.

저 인간, 절대 수술을 포기할 마음이 없다. 나기만을 설득하는 것이 불가능한 지금, 그렇다면 방법은 한 가지뿐이었다.

사랑이를 수술대 위에 올려놓지 않는 것.

바로 이것뿐이었다.

고함 교수 연구실.

산부인과 구해준 교수가 고함 교수를 찾아왔다.

"고함 교수, 나랑 얘기 좀 해."

"또 무슨 얘기를 하겠다고 세상 바쁘신 산부인과 교수 나리가 찾아오셨나?"

"사람하곤! 동기가 이렇게 몸소 왔으면 차라도 한 잔 내놔야 최소한의 도리 아니냐?"

"얼씨구? 이럴 때만 동기냐? 그래, 뭐 처마실래?"

"하여간 저 말하는 본새하곤. 아무거나 줘, 인마."

"아무거나고 말고, 줄 거라곤 쓰디쓴 커피뿐이야. 그거라도 마실래?"

"그래! 그거라도 줘."

"알았다."

"소문을 듣자 하니, 사랑이 수술을 나기만이가 한다고?"

후루룩, 구해준 교수가 커피를 홀짝거리며 물었다.

"그래. 뭐, 나기만도 교수 타이틀 달았으니까 할 만한 거지."

"너, 그거 진심이냐?"

"그럼 진심이지. 누군 처음부터 잘하는 사람 봤어? 다 이렇게 하면서 경험도 늘고, 실력도 느는 거지."

"그래? 말이 너무 쉬운 거 아냐? 이럴 땐 네가 먼저 나서서 말려야 하는 것 아닌가? 그냥, 이렇게 강 건너 불구경할 셈이야?"

구해준 교수의 목소리에 불만이 가득했다.

"이건 우리 흉부외과 일이야."

"어라? 지금 내가 뭘 잘못 들은 건가? 천하의 고함 교수 입에서 어떻게 이런 말이 나오지? 한상훈한테 한 방 맞더니 약해지기라도 한 거야, 뭐야?"

"그게 아니라, 우리 과로 트랜스퍼된 이상 산부인과에서 감 놔라 배추 놔라 할 일이 아니라는 거지."

"그래서, 나기만한테 집도를 맡기겠다는 건가? 그런 허접한 것한테 아기를 맡긴다는 게 뭘 뜻하는 건지 몰라? 이건 살인 방조야, 살인 방조!"

"야, 구해준이! 내 말 잘 들어. 분명 이건 흉부외과 일이라고 했지! 지금 넌 선을 넘은 거야!"

"하아, 아이가 위험하다고! 내 손으로 받은 아이가 위험에 처했는데, 내가 가만있을 수가 있겠어? 너 같으면 그냥 넘어갈 일이야, 이게?"

구해준 교수가 목에 핏대를 세우며 목소리 톤을 높였다.

"내가 알아서 해. 그러니까 구 교수는 이쯤에서 빠지라고."

"고함 교수가 뭘 알아서 할 건데?"

"이 수술 내가 맡을 거야. 한상훈 과장하고 담판을 지어서라도."

"아이고, 돌대가리! 내가 이럴 줄 알았어. 그렇게 돈키호테식으로 밀어붙이니까, 네가 맨날 당하는 거야."

쯧쯧쯧, 구해준 교수가 한심하다는 듯이 혀를 찼다.

"이게 미쳤나? 지금 돌대가리라고 했냐?"

"그래. 머리는 폼으로 달고 다니냐? 아직도 쌍팔년도식 밀어붙이기가 통한다고 생각해? 지금 네가 상대해야 할 상대는 예전의 한상훈이 아니야. 상황이야 어찌 됐건 지금 흉부외과의 수장은 한상훈이잖아."

"그래서 뭐?"

"네가 그렇게 밀어붙인다고 되는 게 아니라는 거지. 애초에 이 수술은 고 교수가 맡아야 할 수술이었어. 그건 누가 보더라도 뻔한 거잖아? 그런데 한상훈이 나기만한테 넘긴 거야. 분명, 안 되는 거 알면서도 말이야. 왜 그랬겠어?"

"그거야 뭐……."

"모르지? 그러니까 너보고 돌대가리라고 하는 거다."

"그래서 뭐, 뭐 어쨌다는 건데? 그래, 나 돌대가리니까 말해 봐. 넌 얼마나 머리가 좋은데? 어?"

"그래, 말해 주마, 멍충아! 네가 나서기를 기다리고 있는 거야."

"뭐? 내가 나서길 기다린다고?"

"그래, 그래야 네가 더 위험해지니까."

"위험해진다?"

고함 교수가 눈매를 좁히며 구해준 교수를 노려봤다.

"처음부터 이 수술을 너한테 맡기면 그 책임은 한상훈 본인이 져야 하지만, 네 말대로 나기만이 대신 네가 나서서 집도를 하게 되면 그때부터 모든 책임은 전부 네가 지는 거야. 그걸 왜 몰라?"

"난 또 뭐라고. 웃기고 있네. 그건 수술에 실패했을 때 얘기지. 너, 내 실력을 몰라서 그래? 젠장, 이 인간이 날 아주 월수금으로 보네?"

고함 교수가 버럭거렸다.

"뭐? 월수금? 그건 또 무슨 소리야?"

"띄엄띄엄 본다고, 인마! 내가 집도해서 반드시 아이 살릴 거야. 대한민국에 신생아 수술을 나보다 많이 한 사람 있으면 나와 보라고 해."

"후우, 그러니까 너보고 돌대가리라고 하는 거야."

"너, 이씨! 자꾸 돌대가리, 돌대가리 할래?"

고함 교수가 발끈하며 일어났다.

"그만해라. 이제 그 성질 좀 죽여야 할 때가 되지 않았냐? 내가 네 실력을 왜 몰라? 아는데, 그게 문제가 아니야. 내가 설명할 테니까, 진정하고 내 얘기 좀 들어 봐, 흥분 그만하고!"

구해준 교수가 고함 교수의 옷자락을 잡아끌었다.

"뭔데?"

"지금 아이 상태는 나기만이 집도를 하든, 자네가 집도를 하든 그게 중요한 게 아니야."

"그게 무슨 소리야?"

"아기 상태가 너무 안 좋아. 폐 고혈압이 잡히질 않아. 게다가, 선천성 다이아프라그마릭 헤르니아(가로 막탈장)이야. 횡격막의 뒤쪽에 선천적으로 문제가 있어서 복부 장기가 삐져나와 있는 상태라고 볼 수 있지. 전형적인 하이포플레시아(폐형성 저하증)이야."

"뭐? 그렇다면 보흐달레크 헤미아란 말이야?"

"그래. 이대로 수술했다가는 애 잡는다, 진짜! 아마도, 한상훈이는 이걸 알고 있었을 거야. 물론, 네가 나설 거라는 것도 알고 있었을 거고. 운 좋게 네가 수술에 성공하면 좋은 거고, 수술에 실패하더라도 네가 강탈한 거니 모든 책임은 너한테 뒤집어씌우면 될 테니까. 이건 뭐, 한상훈이 입장에선 꽃놀이패라고 할 수 있는 거지. 내가 보기엔 너 절대 한상훈이 못 넘는다. 최소한 너보다 두세 수는 앞서 있는 인간이야."

구해준 교수가 검지를 펼쳐 흔들었다.

"까는 소리 하네! 그러니까 네 말인즉슨 이 새끼가 환자 가지고 장난질을 친다는 거 아냐? 이런 미친놈을 봤나! 당장 가서 주리를 틀어 버릴……."

고함 교수가 송곳니를 드러내며 으르렁거렸다.

"그 인간이 아무리 개떡 같은 놈이라도 자네 말처럼 아이 생명을 가지고 장난칠 파렴치한은 아니야. 아이 상태가 안 좋은 건 사실이지만, 그렇다고 아이 몸속에서 자라고 있는 암세포를 그냥 둘 순 없잖아? 지금으로선 수술 말고는 답이 없는 것도 사실이야."

"그러니까 내가 수술을 해야 한다는 거 아냐!"

"내가 성질 좀 죽이라고 했냐, 안 했냐? 그래서 김윤찬이가 날 찾아온 거야. 너 좀 말려 달라고!"

"뭐라고? 김윤찬이 널 찾아왔다고??"

"그래. 진짜, 아무리 생각해 봐도 윤찬이랑 너랑은 전생에 잉꼬부부가 아니었나 싶다. 네 곁에 그놈아가 있는 게 얼마나 다행인지 모르겠어."

"헛소리 그만하고 말해, 김윤찬이가 너한테 뭐라고 했는지."

"지금까지 내가 다 말했는데, 귓구멍에 공구리를 쳤냐? 뭘 더 물어?"

"지금 네 주둥이에서 나온 말이 전부 김윤찬이 입에서 나온 거라고??"

"그래, 인마. 그것뿐이냐? 사랑이 상태도 정확히 꿰고 있더라."

"……김윤찬이가 그랬다고?"

"그래, 솔직히 졸라 탐나는 놈이야. 진짜, 돈 주고 살 수만 있다면 내가 우리 과로 데리고 오고 싶다니까!"

"너, 팔 잘리고 싶냐?"

그러자 고함 교수가 구해준 교수를 째려봤다.

"새꺄, 말이 그렇다는 거지. 내가 미쳤냐? 네 새끼 빼내 갔다가 무슨 봉변을 당하려고."

"좋아! 계속 그런 자세로 임하도록! 그건 그렇고, 사랑이 수술을 안 하면 도대체 어떻게 하겠다는 건데?"

"수술 없이도 치료가 가능할 수도 있어. 물론 그것도 김윤찬이가 제안한 거다."

"김윤찬이가?"

"그래. 근데 아니, 이 인간 뭐냐? 어떻게 이런 것까지 알 수 있는 거지? 무식한 흉부외과 칼잡이 펠로우 주제에?"

구해준 교수가 어이없다는 듯이 혀를 내둘렀다.

"그러니까 윤찬이가 무슨 제안을 했는데?"

"지금 설명하려고 하잖아! 보채지 좀 마."

계속된 말다툼에 목이 마른지 커피를 한 모금 마신 후, 구해준 교수가 고함 교수에게 설명하기 시작했다.

"그러니까 그게 확률이 50만분의 1이라고?"

"그래, 일반적으로 신생아 1천 명당 엄마가 암인 경우는 약 한 명, 그 암이 신생아에게 전이되는 경우는 약 50만 명

중에 한 명꼴로 극히 드문 케이스야."

"그러니까, 지금 사랑이의 폐암이 산모의 자궁 경부암에서 전이된 거라는 건가?"

"솔직히 김윤찬이 처음 이 말을 꺼냈을 때는 나도 믿기 어려웠는데, 가만히 생각해 보니 간과할 수 없는 부분이 있긴 해."

"아니, 50만 명 중에 한 명꼴이라면서? 그 정도 확률이면 무시할 수 있는 것 아냐?"

"아니, 그렇지 않아. 원래 산모가 암을 가지고 있는 경우, 대부분의 출산은 제왕절개를 하거든. 그런데 이번 케이스는 자연분만을 했다는 데 그 포인트가 있어."

"자연분만이 포인트라고?"

드르륵, 관심이 생겼는지 고함 교수가 의자를 당겨 앉았다.

"그래. 원래 산모의 암이 태아에게 전이되는 경로는 뻔해. 산모의 혈액을 타고 돌아다니던 암세포가 우연히 태반으로 들어가 자리 잡고 전이가 되는 것이 보통이야. 일반적인 다른 장기의 암전이처럼 말이야."

"나도 그 정도는 알아. 근데, 그 확률이 신생아 50만 명분의 한 명이라는 거잖아? 그것도 산모가 암을 앓고 있다는 전제 조건이 필요한 거고."

"맞아. 그런데 김윤찬이가 아주 신박한 제안을 하더라고."

"어떤?"

"자연분만 시에 아이가 태어나면서 양수 또는 산모의 분비물, 혈액을 흡수하면서 암이 전이될 가능성이 높다는 거야. 다시 말해, 자연분만 시 양수가 터지고 아이의 숨길이 열리면서 이 암세포가 포함된 양수를 대량으로 들이마실 때, 순식간에 암이 전이될 가능성이 있다는 거지."

"뭐라고?? 그게 가능해? 소설 쓰는 거 아냐?"

고함 교수가 어이없다는 듯이 인상을 찡그렸다.

"어, 솔직히 나도 믿기지 않는데, 이론상으로는 충분히 가능해. 사랑이는 제왕절개가 아닌, 자연분만으로 태어났으니까."

"미치겠네! 그래서? 지금 소위 우리나라 최고의 산부인과 의사라고 자부하는 인간이 펠로우 말을 믿고 이렇게 날 찾아온 거라고? 너, 돌팔이 아냐?"

"인마, 내가 지금 너랑 농담하는 것 같냐? 나도 이런 내 자신이 쪽팔려! 그런데 어쩌겠어, 김윤찬이 말에 일리가 있는데?"

구해준 교수가 어깨를 으쓱거렸다.

"하아, 하여간 이 새끼 뭐야?"

고함 교수가 허탈한 듯 한숨을 내쉬었다.

"그러니까, 이 새끼 뭐냐고? 이 새끼, 무슨 외계인 뭐, 이런 거 아냐? 이게 만약 사실이라면 이건 엄청난 발견이야!

산부인과 학계를 발칵 뒤집어 놓을 일이라고!"

"됐고! 발칵 뒤집히든 말든 난 관심 없고! 그래서 어떻게 치료를 한다는 건데?"

고함 교수가 눈매를 좁혔다.

"면역 증강제를 이용하면 수술하지 않아도 충분히 치료가 가능하다."

"면역 증강제?"

"그래. 만약 김윤찬이 말대로 양수를 통해 순식간에 태아의 몸속으로 암세포가 유입된 거라면, 태아의 몸은 분명 이 암세포를 체내 이물질로 인식해 면역 증강제가 충분히 효과를 발휘할 수 있을 거야. 충분히 가능한 생각이긴 해."

"음……. 그렇지만, 김윤찬의 추론이 맞다는 전제가 필요하잖아?"

"고함 교수, 잘 생각해 봐. 지금 아이 상태는 고함 교수가 집도를 한다 해도 수술이 성공적일 거란 보장이 없어. 나한테도 생각이 있으니까, 조금만 더 기다려 보자. 응?"

"후우, 그래서 내가 뭘 어떻게 해야 하는 건데?"

한상훈 과장 집무실.
구해준 교수를 만난 고함 교수가 한상훈 과장을 찾아갔다.

"아이고, 교수님께서 어인 행차십니까?"

고함 교수가 안으로 들어가자 한상훈 과장이 너스레를 떨었다.

"괜히 입에 발린 말 좀 하지 마."

"입에 발린 말이라뇨? 우리 흉부외과, 교수님 아니면 무너지지 않습니까? 교수님께서 이렇게 든든하게 딱! 지키고 계셔 주니까 우리 과가 건재한 것 아닙니까?"

한상훈 교수가 양손을 들어 올려 뭔가를 받쳐 주는 제스처를 취했다.

"됐고! 내가 한 과장이랑 시답잖은 대화나 나눌 사이는 아니잖아?"

"뭐, 앞으로 잘 지내면 되잖습니까? 일단, 이렇게 왕림해 주셨으니 차나 한잔 하면서 대화 나누십시다. 모과차 괜찮습니까? 환절기 목감기 예방에 이만한 게 없죠."

"준다면야 사양할 것까진 없지."

"하하하, 여전히 까칠하십니다?"

한상훈 과장이 자리에서 일어나 직접 차를 타 내왔다.

잠시 후.

"그나저나 무슨 용건이 있으셔서 이 누추한 곳까지 오신 겁니까?"

허허허, 한상훈 과장이 한쪽 입꼬리를 말아 올렸다.

"그래, 단도직입적으로 말하겠네. 사랑이 수술 내가 집도해야 할 것 같아."

"네? 나기만 교수 수술을 교수님한테 달라고요?"

픔, 한상훈 과장이 마시던 모과차를 뿜었다.

"그래."

"에이, 그건 좀 곤란하죠. 이 바닥에도 상도라는 게 있는데, 이미 배정한 수술을 어떻게 교수님한테 돌립니까?"

한상훈 과장이 천천히 손을 내저었다.

"자네도 알다시피, 지금 아기 상태가 너무 좋지 않아. 나기만 선생이 메스를 잡기엔 너무 위험해. 폐 고혈압도 심하고 무엇보다 폐 형성 저하증이 의심되니까."

"네, 그거야 저도 알고는 있습니다만, 그렇다고 암세포가 온몸에 퍼지도록 놔둘 순 없지 않습니까?"

"그래서 내가 수술을 하겠다는 것 아닌가?"

"하아, 그건 좀 곤란한데……."

한상훈 과장이 소파에 몸을 파묻으며 고개를 갸웃거렸다.

"이번 수술 잘못되면 내가 모든 걸 책임지면 되잖아!"

"어휴, 정말요?"

"그래, 모든 걸 내가 책임짐세."

"아…… 그래요? 그러면 교수님, 우리 이렇게 합시다."

한상훈이 소파에서 몸을 일으켜 세웠다.

"뭘 어떻게 하자는 거야?"

"음, 별건 아니고, 뭐 일종의 확인서? 아닌가, 확약서? 그렇게 불러야 하나?"

한상훈 과장이 무슨 말을 하려는지 고개를 갸웃거렸다.

"그게 무슨 소리야? 확약서라니??"

"네. 솔직히 이런 말씀 드리긴 좀 그렇긴 한데, 제가 아무리 과장이지만 나기만 교수가 의욕적으로 덤벼든 수술인데, 그걸 함부로 교수님께 토스하는 건 좀 그렇지 않겠습니까?"

"그래서?"

"나 교수를 설득하려면 그만한 근거가 있어야 하지 않겠습니까?"

"그래서 뭘 어쩌겠다는 건가?"

"솔직히 교수님 실력이야 대한민국 흉부외과 써전 중에 최고라는 건 삼척동자도 다 아는 사실이고, 저 역시 이를 의심하는 바는 아니나, 혹시 몰라서 말이죠. 지금까지 말씀하신 걸 문서화해 주시는 게 어떨까 조심스럽게 제안드립니다."

"……."

"이거 말씀드리고도 민망하긴 하네요. 제가 무례했다면 너그러이 용서해 주십시오. 내키지 않으시면 안 쓰셔도 됩니다."

허허허, 한상훈이 민망한 듯 이마를 문질거렸다.

"아니, 뭐 그 종이때기에 몇 자 적는 게 무슨 문제가 있겠는가? 하지 뭐."

"정말 그렇게 해 주시겠습니까? 이 정도 각오는 보여 주셔야 저도 나기만 선생을 설득할 명분이 있을 것 같아서요."

"물론이야. 뭐, 어떻게, 내가 써 주면 되는 건가?"

"아, 아닙니다. 혹시 몰라 제가 문구는 다 적어 뒀습니다. 여기에 사인만 하시면 돼요."

드르륵, 한상훈이 서랍에서 문서 하나를 꺼내 고함 교수한테 내밀었다.

고함 교수가 찾아올 걸 알고 미리 준비해 둔 모양이었다.

"허허허, 준비성이 철저하네?"

문서에 적힌 내용은 간단했다. 수술 실패 시, 이 모든 책임을 고함 교수가 지겠다는 내용이었다.

물론 최악의 경우, 교수 회의를 통해 징계 또는 사직도 가능할 수 있다는 내용이 첨가되어 있었다.

"에이, 그렇게 말씀하시면 제가 섭섭합니다. 누가 들으면 제가 미리 계획한 줄 알겠어요."

"아닌가?"

"노노! 아닙니다. 저, 그렇게 치밀한 사람 아닙니다, 교수님! 저, 교수님이 이렇게 오실 줄 꿈에도 몰랐어요. 그 확인서야 원래 우리 병원에 있던 표준 확인서예요! 만약의 경우를 대비하려고 구비해 둔 겁니다."

한상훈 과장이 질색하며 양손을 내저었다.

"후후후, 그래? 그런데 왜 난 미리 준비해 둔 것처럼 보이지?"

"아닙니다. 그럴 리가요."

한상훈 과장이 연신 손사래를 쳤다.

"그래, 알았어. 한 과장, 여기에 사인하면 되나?"

고함 교수가 포켓에서 볼펜을 빼 들었다.

"네네, 거기 성함 적으시고 사인하시면 됩니다."

한상훈 교수가 턱짓으로 테이블 위에 놓인 문서를 가리켰다.

"그러지."

슥슥슥, 고함 교수가 한상훈 교수가 내민 확인서에 사인을 했다.

"아이고, 이제야 저도 두 다리 쭉 뻗고 자겠군요. 솔직히, 이번 수술, 나기만 교수한테 맡겨 놓고 얼마나 노심초사했는지 모릅니다. 아기 상태도 그렇고, 이게 좀 어려운 수술입니까?"

한상훈 과장은 고함 교수의 사인이 적힌 확인서를 살펴보며 너스레를 떨었다.

"……."

"사실 교수님께 맡기려고 했는데, 나기만 교수가 하도 자신 있다고 자기에게 맡겨 달라고 해서 어쩔 수 없이 맡기긴 했습니다만, 이게 영 개운치가 않더라고요."

한상훈 과장이 고개를 갸웃거렸다.

"……."

"그런데 이렇게 교수님이 직접 나서 주시니, 이제야 안심이 되네요. 완전 한시름 덜었습니다. 이번 수술 잘 부탁합니다! 수술만 잘 끝내면, 심장·폐 학회에도 보고할 예정입니다."

"알았네, 최선을 다함세."

"네네, 전 앞으로 교수님만 믿고, 두 다리 쭉 뻗고 자겠습니다. 그나저나 저녁이라도 함께했으면 좋겠는데 어쩌죠? 제가 원장님과 약속이 있어 놔서……."

"됐어. 나랑 얼굴 맞대고 밥 먹으면 그게 어디 소화나 되겠어?"

"에이, 섭섭하게 무슨 말씀을 그렇게 하십니까? 오늘은 힘들고 언제 시간 내서 모시겠습니다. 제가 제법 괜찮은 일식집을 알아 놨거든요. 거기 도미회가 아주 죽입니다!"

"후후, 그럼세."

"네네, 그러면 우리 사랑이 수술 잘 부탁합니다, 교수님!"

드르륵, 한상훈이 확인서를 봉투에 넣어 서랍에 보관하며 말했다.

"그래, 최선을 다함세."

열흘 후.

하루가 가고 이틀이 가고 이제 일주일이 지났는데도 고함 교수는 사랑이 수술 스케줄을 잡지 않았다.

흉부외과 의국.

"우리 이쁜이! 나랑 샤갈에 가서 차 한잔 할래?"

의국에 들어갔더니= 만삭의 홍순진 조교수가 허리에 손을 짚으며 내게 손짓했다.

장대한 교수와 결혼한 홍순진 교수. 그녀는 이제 곧 출산을 앞둔 상황이었다.

"네, 좋죠! 차트 하나만 살펴보고 내려갈 테니, 먼저 가 계세요."

"그래, 한 10분이면 되려나?"

"네!"

"그래. 그러면 내가 내려가서 주문해 놓을 테니까, 얼른 내려와."

"네네, 괜히 걸어가지 마시고 엘리베이터 타고 가세요."

"아니야. 내 배를 봐라, 얘! 얘가 지 애비를 닮아서 머리가 얼마나 큰지, 몸이 무거워 죽겠어. 자연분만 하려면 좀 걸어두는 게 좋아."

홍순진 교수가 산더미 같은 배를 어루만졌다.

"그래요?"

"어! 초음파 보니까, 이건 뭐, 딱 머리, 가슴, 배 3등신이던데? 지 아비를 빼다 박았어."

홍순진 교수가 투덜거렸다.

"하하하, 원래 초음파로 보면 다 그렇죠, 뭐."

"그런가? 암튼, 얼른 내려와라."

"네네, 계단 조심하시고요."

"그래, 알았어."

홍순진 교수가 뒤뚱거리며 의국을 빠져나갔다.

잠시 후, 지하 카페 샤갈.

"윤찬아, 여기야!"

카페로 내려가자 홍순진 교수가 손을 흔들었다.

"네."

"일은 할 만해?"

"네, 이제 좀 적응이 되는 것 같아요."

"그럼, 우리 윤찬이가 어련하시려고. 하루 이틀이면 뚝딱 적응하는 거지, 뭐."

"아니에요. 3년 동안 의국도 많이 변해서 낯선 게 많더라고요."

"흐음, 그러게. 의료 장비들도 새로 들여오고, 아이들도 많이 바뀌었으니까. 전부 뺀질거려서 탈이지만."

후루룩, 홍순진 교수가 텀블러에 담긴 대추차를 마셨다.

"요즘 애들이 다 그렇죠, 뭐. 하나하나 가르치면서 데리고 가야죠."

"그래. 가뜩이나 흉부외과 인력 수급도 어려운데, 살살 달래 가면서 가르쳐라. 그러다 이택진이처럼 토낀다."

"하하하, 네. 그나저나 그거 뭐예요? 향이 좋네요?"

"응, 대추차야. 내가 요즘 불면증이 심하다고 하니까, 대한이가 손수 타 주더라고."

"장대한 선배님이 지극정성이네요?"

"당연히 그래야지. 나 아니면 그런 인간을 누가 데려가니? 너처럼 얼굴이 잘생긴 것도 아니고, 집안이 좋아 할아버지 찬스를 쓸 수 있는 것도 아니고, 이런 거라도 성의를 보여야 데리고 살지."

"에이, 그래도 이런 거 챙겨 주는 사람 드물어요."

"하긴 뭐, 임신했다고 하니까 좋아 죽더라. 얼마 전엔 새벽에 갑자기 순대가 먹고 싶다고 했더니, 신림동까지 날아가서 사 오더라고."

"후후후, 거봐요. 그만한 남편감도 없습니다."

"그래그래. 그건 그렇고, 고함 교수님 말이야."

후루룩, 홍순진 교수가 대추차를 입에 한 모금 물더니, 사랑이 얘기를 꺼냈다.

"네, 말씀하세요."

"고함 교수님한테 무슨 일이 있니?"

"네? 고함 교수님이 왜요?"

"아니, 다름이 아니라, 사랑이 수술 스케줄 잡을 시기가 한참 지났는데도, 아무 말씀이 없으셔서 웬일인가 해서."

"아, 그거야 저도 잘 모르죠. 교수님이 알아서 하시는 거니까. 아마, 사랑이 컨디션이 좀 회복되면 집도하시려고 하는 거 아닐까요?"

"그래, 나도 그렇게 생각하긴 하는데, 한상훈 과장이 심기가 불편한 것 같아서 말이야. 그 인간, 고함 교수한테는 뭐라 말 못 하고 괜히 우리한테만 히스테리를 부리잖아. 산달도 얼마 안 남았는데, 아주 죽을 맛이다, 얘!"

"아, 그래요."

"응. 나야 곧 출산휴가니까 이 꼴 저 꼴 안 봐도 되지만, 다른 교수들은 완전 곤혹이거든. 그래서 고함 교수님한테 무슨 일이 있나 싶어서 내가 대표로 물어보는 거야."

홍순진 교수가 우려 섞인 목소리로 물었다.

"흐음, 뭐 곧 뭔가 결정이 나지 않을까요?"

"그래? 아무튼, 고함 교수님한테 무슨 피치 못할 사정이 있는 건 아니지?"

"네, 그런 거 없습니다."

"그럼 다행이고. 그나저나 우리 윤찬이는 3년 사이에 더 잘생겨졌네? 우리 윤찬이, 완소남이야."

"에이, 아니에요. 많이 삭았는데요, 뭘."

"됐거든! 아까도 의국 들어가는데 네 뒤쪽에 오라가 퍼져서 눈이 다 부시더라, 얘! 우리 아가도 너 반만 닮았으면 좋겠는데."

"흐흐흐, 아들인가 봐요?"

"응, 윤 교수가 파란색 배냇저고리 준비하라고 하더라."

"축하합니다, 선배님!"

"고마워. 아무튼, 고함 교수님한테 무슨 문제가 있는 게 아니라니 다행이야."

"네, 걱정 마세요. 고함 교수님이 알아서 하실 겁니다."

"그래, 그렇긴 하지만……."

여전히 미덥지 않은지 홍순진 교수가 고개를 갸웃거렸다.

❦

구해준 과장실.

"결과는 아직인가?"

"그러게. 생각보다 시간이 좀 오래 걸리네? 그나저나 사랑이는 좀 어때?"

구해준 과장의 얼굴에 근심이 가득했다.

"폐 고혈압은 거의 잡아서 이제 문제없고, 폐 형성 저하증이야, 이게 하루 이틀에 해결될 문제는 아니잖아? 기계 호흡에 의존하고 있는 수준이야."

고함 교수 역시 표정이 밝지 않았다.

"그렇군. 하나님도 무심하시지. 그 어린것이 무슨 죄가 있다고 이런 시련을 주시는 건지.”

구해준 교수가 씁쓸한 듯 입맛을 다셨다.

“미국에서 답이 오지 않으면 하루라도 빨리 수술을 해야 할 텐데 말이야. 암세포 진행 속도를 보면, 이렇게 마냥 손 놓고 앉아 있을 수가 없어. 리스크는 좀 있지만, 수술을 해야 할 것 같단 말이지. 정말 내가 잘하고 있는 건지 모르겠어.”

“이 사람아! 그렇게 감정적으로 덤빌 일이 아니잖아. 리스크가 큰 정도가 아니야. 내가 볼 땐, 아무리 자네라도 수술 성공할 확률이 10%도 안 돼. 게다가 자네가 메스 잡는 순간, 한상훈 그 인간 뜻대로 되는 거라고!”

“그런 건 상관없어. 한상훈이 계획대로 내가 책임을 지는 것 따위가 두려워서가 아니야. 그 어린것이 고통스러워하는 걸 더 이상 못 볼 것 같아. 어떻게든 암 덩어리를 떼어 내 줘야지 숨이라도 제대로 쉴 것 아닌가?”

“…….”

“핏덩이한테 엄마 젖 한 번도 제대로 물려 보지 못했잖나? 그 어린것이 기계에 의지해 간신히 숨 쉬는 거 보면 가슴이 무너져.”

고함 교수가 침통한 표정으로 고개를 떨궜다.

“그래, 동감이야. 그러니까 조금만, 조금만 더 기다려 보자고! 존스홉킨스에 연락해 보니까, 곧 분석 결과가 나올 것 같아.”

"알았어. 아무튼, 결과 나오는 대로 바로 알려 줘. 이 어린 핏덩이가 사그라드는 모습은 더 이상 못 보겠어. PICU(소아중환자실) 한번 갔다 오면 너무 가슴이 무거워. 아무리 리스크가 크더라도 메스를 잡아야 할 것 같아."

"그래, 내가 왜 그 맘을 모르겠나. 나도 최대한 빨리 결과가 나올 수 있도록 힘써 볼 테니까, 사랑이 그때까지만 목숨 부지할 수 있도록 부탁해."

"아무튼 오래는 못 기다리니까, 최대한 노력해 봐."

"아, 알았어. 하루 이틀만 더 기다려 보자."

❤

한상훈 과장실.

그리고 다음 날, 더 이상 기다릴 수 없었던 한상훈 과장이 고함 교수를 호출했다.

"교수님, 앉으시죠."

한상훈 과장의 건조한 목소리였다.

"그러지."

"아이 수술은 왜 자꾸 미루시는 겁니까?"

"아직 사랑인 수술할 여건이 안 돼. 좀 더 컨디션이 회복되면 그때 수술 스케줄을 잡도록 하겠네."

"그러니까 언제 수술을 하시겠다는 겁니까?"

"그거야, 사랑이 몸 상태를 봐 가면서……."

"몸 상태를 봐 가면서 했을 수술이었으면, 고함 교수님께 맡기지도 않았습니다. 혹시 자신이 없으신 겁니까?"

한상훈 과장이 고함 교수의 자존심을 건드리기 시작했다.

"난 한 과장이 왜 수술을 종용하는지 이유를 모르겠군? 때가 되면 내가 알아서 할 건데, 왜 그렇게 조급해하지? 마치 아이가 잘못되기라도 바라는 사람처럼 말이야."

"그걸 지금 말씀이라고 하십니까?"

한상훈 과장이 불편한 기색을 숨기지 않았다.

"그러면 왜 그러는 건가? 내가 알아서 한다고 하지 않았어?"

"지금, 조급하지 않게 생겼습니까? 이제 막 조교수에 임명된 나기만 교수는 자신하는데, 왜 베테랑이신 고함 교수님이 미적거리는지 모르겠군요. 펠로우들이 얼마나 쑥덕거리는지 아십니까?"

"후후, 뭐라고 그렇게 쑥덕거리던가?"

"이제 교수님도 나이를 드니 한물갔다는 말이 나돌고 있어요. 이건 우리 흉부외과 자존심에 관한 문제라고요! 우리 과뿐만 아니라, 소아외과, 산부인과에서도 초미의 관심사인데, 망신이라도 당하고 싶으신 겁니까?

"그런 말이 있었나? 뭐, 틀린 말은 아닌 것 같군. 나이를 먹어 가는 건 사실이니까. 요즘 눈도 침침하고 손아귀 힘도

달리는 것 같아."

　피식, 고함 교수가 대수롭지 않다는 듯이 고개를 끄덕였다.

　"네? 교수님, 지금 웃음이 나오십니까?"

　"그럼 울까?"

　"심지어 이런 말까지 병원 내에 나돌고 다닌다고 합디다."

　"또 어떤 말이 그렇게 날뛰나?"

　"네, 여기까진 안 가려고 했는데, 말씀드리죠. 자존심 때문에 나 교수 수술을 뺏긴 했는데, 자신이 없으니까 미적거린다는 소문이 파다합니다!"

　"후후후, 그런 말이 돈다고?"

　"네네. 지금 잘못하다간 개망신을 당할지도 모릅니다!"

　"우리 과가 아니라 내가 병신 되는 거겠지."

　"네? 그게 무슨 말씀이십니까?"

　"그 소문, 전부 자네하고 나기만 교수 입에서 나온 말 아닌가? 펠로우들 모아 놓고 나를 반찬 삼아 씹어 먹고 다녔잖아? 펠로우들, 빅 마우스인 거 모르는 건 아니겠지? 이 정도면 한 과장이 그 소문의 진원지 같은데??"

　"그게 무슨……."

　"그것뿐인가? 요새 타 교수들은 왜 그렇게 자주 만나는 건가?"

　"그거야…… 지금까지 흉부외과가 독불장군처럼 툭툭 삐

져나오니까 자꾸 병원에서 고립되는 것 같아서, 두루두루 여론을 환기도 시키고, 발전적인 협력 방안을…….”

“우리 한 과장님, 말은 참 잘해요. 아무리 생각해도 의사보단 정치인이 더 잘 아울리는 것 같아.”

“교수님, 지금 선을 너무 심하게 넘으시는 것 아닙니까?”

“선을 심하게 넘은 건, 내가 아니라 한 과장 같은데?”

“네?”

“지금부터 내 말 잘 들어. 내가 지금 이 병원에서 메스 잡기 시작한 지가 30년이 다 되어 가. 매년 천 건 가까이 수술을 했고, 지금까지 수천 명의 환자를 살렸어. 심장내과, 산부인과, 호흡기내과 기타 등등. 나랑 생사고락을 같이한 교수, 펠로우, 레지던트 들을 줄 세우면, 기짓말 보태 병원 정문에서 저기 산촌역까진 세울 수 있을걸.”

“그, 그게 뭘 어쨌다는 겁니까?”

“이렇게 머리가 아둔한 사람이 어떻게 과장 자리를 꿰찼누? 지금까지 당신이 만난 사람 중에 내 사람이 한 명도 없었을까?”

한상훈 과장을 응시하는 고함 교수의 시선이 베일 듯 날카로웠다.

“흠흠, 그러니까 잘하시라는 거 아닙니까? 마지막으로 여쭙겠습니다. 수술을 못 하시겠다는 겁니까?”

“아니, 할 필요가 없을 것 같은데?”

"그래요? 그거 잘됐네요. 써전이 수술을 못 하시겠다면 메스 놓는 수밖에요. 그동안 고생하셨으니, 후배들을 위해 자리를 양보해 주시죠. 더 하시면 노욕이란 소릴 들으십니다."

"……."

미국에서 결과가 나오지 않은 상황. 고함 교수 입장에서도 갈등하지 않을 수 없었다.

"하아, 이젠 저도 더 이상은 기다릴 수 없습니다. 지금이야 수술이 가능한 상황이지, 조금만 더 심해지면 손도 못 대는 상황이 온다는 걸 모르진 않을 것 아닙니까? 그렇게 되면 어떻게 감당하시려고 그럽니까? 수술을 하시든지, 겁이 나시면 나기만 교수한테 넘기십시오."

한상훈 과장이 나기만을 언급하며 고함 교수를 압박했다.

"알았어, 내가 하지."

"정말 수술하시는 겁니까?"

"그래, 오늘 내로 일정 잡고……."

띠리리리.

그렇게 고함 교수가 어쩔 수 없이 수술을 강행하기로 결심하려는 순간, 인터폰이 울렸다.

"누구야?"

─산부인과 구해준 과장님이 좀 뵙자고 하십니다.

"구 과장님이?"

─네, 이번 수술 건으로 상의드릴 게 있다고요.

"지금 회의 중이니까, 나중에 다시 뵙자고 정중히 말씀드려."

쾅!

그 순간, 구해준 교수가 문을 박차고 안으로 들어왔다.

'결과 나온 건가?'

고함 교수가 반사적으로 구해준 교수를 쳐다봤다.

'당연하지.'

고함 교수를 향해 고개를 끄덕이는 구해준 교수.

염화미소라고 했던가? 두 사람은 눈빛 교환만으로도 대화가 가능했다.

"야! 한상훈이! 너 졸라 많이 컸다? 핏덩이 같은 게 같잖은 과장 타이틀 달았다고 뵈는 게 없냐? 언제부터 나한테 다음 운운하고 그랬냐?"

구해준 과장이 한 손에 서류 봉투를 들고 안으로 들어왔다.

"과장님, 말이 지나치십니다. 전 지금 엄연히 흉부외과 과장입니다. 호칭 제대로 해 주십시오."

"젠장, 꼴뚜기가 뛰니까 망둥이도 뛴다고, 과장 대접 받고 싶으면 똑바로 해!"

"이봐, 구 과장, 거꾸로야. 망둥이가 뛰니까 꼴뚜기가 뛴다가 맞지."

"그래? 그거나 이거나, 씨! 난 아직도 너를 CS 수장으로 인정하려야 할 수가 없어!"

구해준 교수가 소매를 걷어붙였다.

"과장님! 우리 흉부외과 일은 우리가 알아서……."

"알아서 좋아하시네. 너, 본과 3년 때인가? 산부인과학 실습 때 기말고사 빵꾸 나서 나 찾아와 살려 달라고 징징거릴 때가 엊그제야. 벌써 잊었냐?"

"하아, 지금 그 얘기가 왜 나옵니까?"

"지금도 하는 짓이 그때랑 다를 게 없었으니까 그렇지. 그때 인마, 저기 고 교수가 똑똑한 놈이니까 한 번만 더 기회 주라고 안 했으면, 넌 새끼야, 졸업도 못 했어. 알아?"

"과장님! 저, 그때 한상훈 아닙니다. 예의를 좀 갖춰 주시죠?"

"예의 같은 소리 하고 자빠졌네. 지금 네가 내 소중한 환자 죽이려고 하는데, 내가 가만있게 생겼어?"

"그게 무슨 말씀이십니까?"

"너, 사랑이 죽이려고 작정했잖아? 그 연약한 핏덩이 가슴에 메스 대려고 하는 게 죽이려고 하는 거지, 살리려고 하는 짓이야?"

"하아, 교수님! 일단 우리 과로 트랜스퍼됐으면 우리가 알아서 합니다. 사랑이 수술 말고는 답이 없습니다. 살릴 수 있는 방법이 없다고요. 지금 폐가 암세포로 뒤덮이려고 하는데, 수술 말고 무슨 방법이 있다는 겁니까?"

"그래? 너, 말 잘했다. 그렇게 살릴 자신이 있으면 네 손으로 직접 하지? 너, 맨날 폐 분야만큼은 우리나라 최고의 권위자라고 주둥아리 털고 다니잖아?"

"하아, 그게……."

구해준 교수의 독설에 한상훈 과장이 멈칫거렸다.

"못 하겠지? 너도 졸라 후달려 못 하는 거잖아? 아니야?"

"네! 후달려 못 하겠습니다! 그러니까, 과장으로서 우리 최고의 베테랑이신 고함 교수님께 맡긴 거 아닙니까?"

수세에 몰려도 임기응변 하나만큼은 타의 추종을 불허하는 한상훈이었다.

"내가 너랑 주둥이 털어서 이득 볼 게 뭐냐? 괜히 말리기나 하지. 됐고! 이거나 보고 말해. 네가 하려는 짓이 얼마나 무모한 짓인지 금방 알 테니까! 너, 나한테 나중에 살려 줘서 감사하다고 수백 번은 절해야 할 거다. 아니지! 김윤찬이한테 해야 하나?"

"네? 김윤찬이 뭘요?"

"아냐, 아냐. 그런 게 있어."

고함 교수가 고개를 내젓자 구해준 과장이 금세 화제를 돌렸다.

"말 돌리지 마시고 말씀해 보십시오. 김윤찬이 뭘 어쨌다는 겁니까?"

그렇다고 눈치 빠른 한상훈이 그냥 지나칠 리가 없었다.

"아니야, 아무것도! 사랑이, 이 아이 아빠랑 김윤찬 선생이 아는 사이라 잘 좀 부탁한다고 날 찾아왔었어. 자기도 이번 수술에 참여하게 해 달라고! 하도 산부인과에서 난리를 치니까 해명하러 구해준 교수를 만난 거고."

구해준 교수가 머뭇거리자 고함 교수가 나서 변명했다.

"하여간 그 인간, 오지랖은! 그래서, 이게 뭡니까?"

한상훈 과장이 퉁명스럽게 문서를 받아 들었다.

"그러니까 읽어나 보라고! 이봐, 한 과장! 고함 교수한테 수술 맡겨 놓는다고 CS 수장인 네가 책임이 없겠나? 사람이 왜 생각하는 게 그렇게 짧아? 못난 사람 같으니라고."

쯧쯧쯧, 구해준 교수가 한심하다는 듯이 혀를 차며 한상훈에게 문서를 넘겨주었다.

"제 걱정 해 주시는 건 감사하지만, 그 정도 책임이야 CS 수장으로서 당연히 감당해야겠지요."

"결국, 이 수술 고함 교수가 실패할 거라 생각한 거네?"

"뭐, 그건 교수님 좋을 대로 해석하십시오."

피식, 한상훈 과장이 한쪽 입꼬리를 말아 올리며 구해준 과장이 넘겨준 문서를 넘겨 보았다.

잠시 후.

휘리릭, 문서를 읽어 내려가는 한상훈 과장의 눈동자가 부풀어 올랐다.

"이, 이게 뭡니까?"

"뭐긴? 유전자 검사 결과지. 영어 못 읽나? 내가 읽어줘?"

구해준 과장이 고개를 갸웃거렸다.

"그러니까, 이게 사랑이와 아이 엄마의 유전자 검사 결과라는 겁니까??"

한상훈 과장이 문서 앞면을 내보였다.

"그렇다니까. 좀 더 정확히 말하자면, 사랑이의 폐암 유전자와 아이 엄마의 자궁 경부암 유전자가 정확히 일치한다는 존스홉킨스 유전자 연구실의 분석 결과 보고서라고 할 수 있지."

50만 분의 1의 확률이 현실화되는 순간이었다.

환아 사랑이 그리고 아이 엄마의 암 유전자가 정확히 일치했다.

Y염색체 결손, 다수의 체세포 변이, 인유두종 바이러스(HPV) 게놈의 일치, 일 염기 다형 대립유전자가 판에 박은 듯이 똑같았다.

즉, 자연분만 시 호흡이 터지면서 태아는 다량의 양수를 흡입하게 됐고 이를 통해 엄마의 자궁 경부암 암세포가 아이, 사랑이의 폐에 전이되었음이 증명된 것이었다.

기존의 산모에 의한 태아의 암전이는 태반을 통해 전이된다는 것이 통례였으나, 이번 발견으로 인해 새로운 암의 전달 경로가 밝혀진 셈이었다.

　따라서 암을 앓고 있는 산모가 출산할 경우, 자연분만 대신 반드시 제왕절개를 해야 한다는 것을 시사한다는 의미에서 전 세계 산부인과계에선 엄청난 발견이 아닐 수 없었다.

　"이, 이게 말이 됩니까? 저는 이런 사례를 본 적이 없어요."

　"당연하지. 지금까지 이런 사례가 보고된 적이 없으니 말이야. 당연히 말이 안 될 수밖에, 확률적으론. 그런데 이런 결과가 나왔으니, 믿을 수밖에 없지 않겠어?"

　"어이없군요. 그렇다고 해도 폐암은 외과적 수술로 도려내야 하는 것 아닌가요? 변변한 내과적 치료가 없을 텐데요?"

　"아니, 보통 엄마의 암세포가 기원인 소아암은 면역 항암제 치료가 필수야, 이 사람아! 아이는 암세포를 체내 이물질로 인식해 베타 엑스나 살루티피카토르 넘버 7 같은 면역 증강제를 투여해 주면 그 경과가 폐 수술보다 훨씬 좋아."

　"그게, 임상적으로 증명이 된 겁니까?"

　수세에 몰린 한상훈 과장의 목소리가 미세하게 흔들렸다. 여전히 구해준 과장의 설명을 믿지 못하는 말투였다.

　"그러니까, 시간 나는 대로 의학 저널 좀 탐독하고 그러라고, 무식한 티 내지 말고."

"그러니까, 임상적으로 증명이 됐느냐는 말입니다!"

"많아, 아주 많아! 당신 대가리의 머리카락 숫자만큼 많아. 됐어? 이미 임상 시험을 통해 밝혀진 사례도 셀 수 없이 많고, 이건 뭐, 거의 유럽과 미국에선 표준 치료법이야. 그리고 무엇보다 이런 결과가 나온 이상, 사랑이 몸에 칼을 대는건 내가 용납이 안 돼. 알겠나?"

어금니를 악다문 구해준 교수가 손가락으로 한상훈 교수를 가리켰다.

"……."

한상훈 역시, 흘러내린 양 주먹에 힘을 주었다.

"이젠 왜 사랑이 가슴에 메스를 대지 않아야 하는지 알겠습니까, 한상훈 과장님?"

"이, 이 결과 믿을 만한 겁니까?"

"못 믿겠으면 존스홉킨스에 가서 한번 따져 보시든가."

"……네. 일단 CS 교수 회의를 소집하겠습니다."

어느새 얼굴이 창백해진 한상훈 과장이었다.

"소집이고 뭐고, 안 되는 건 안 되는 거야. 괜히 허튼 생각 안 하는 게 좋을 거야. 내가 가만있지 않을 테니까."

구해준 과장이 한상훈의 얼굴에 경고의 시선을 내리꽂았다.

"네, 알겠으니까, 이만 나가 주십시오!"

"흠, 이왕 입 열고 떠든 김에 충고 하나만 더 하고 가지.

한 과장, 싸움을 할 땐 말이야, 상대한테 절대로 패를 까지
마. 자네 패가 아무리 좋다고 해도 말이야. 자신의 패를 까는
순간, 상대는 어떻게든 이길 방법을 찾게 돼. 특히 자네 같은
하수는 더욱더 티가 나게 되어 있어. 동공이 부풀어 오르고
피가 끓어 얼굴이 붉어지거든. 나 포카드 잡았다고 말이야.
하지만 포커판에서 포카드보다 높은 족보는 꽤 있다는 걸 명
심해."

"……."

"그리고 또 하나, 이게 가장 중요한 건데, 제발 사람 목숨
가지고 장난치지 마. 그러다 천벌 받아! 응?"

툭툭, 구해준 교수가 한상훈의 어깨를 건드렸다.

"고함 교수님, 가시죠. 존스홉킨스에서 관심이 많네요? 앞
으로 사랑이 치료는 매뉴얼화해 둬야겠어요."

2020년에야 밝혀질 사실이니 존스홉킨스에서 관심을 갖
지 않으려야 않을 수 없으리라.

"그럽시다."

'제기랄!'

두 사람이 밖으로 나갔음에도 불구하고 한참을 우두커니
서 있는 한상훈 과장.

어찌나 어금니를 악다물었는지, 양쪽 볼이 불룩 튀어나와
있었다.

며칠 후, 한상훈 과장실.

한상훈 과장이 나기만 교수를 자신의 연구실로 불러들였다.

"나기만 교수, 내가 구해준, 고함 이 여우 같은 늙은이들한테 비참하게 농락을 당했어."

한상훈 과장이 깍지를 낀 채, 침통한 표정을 지었다.

"면목 없습니다, 과장님. 하지만 너무 상심하지 마십시오. 되갚아 줄 기회는 언제든지 있을 겁니다."

"결국, 두 늙은이가 나를 엿 먹이려고 작정을 한 셈 아닌가?"

"외람된 말씀이지만, 두 교수보다 김윤찬이 더 문제인 것 같습니다."

"김윤찬? 그 인간이 왜? 그렇지 않아도 지난번에 구 과장이 왔을 때도 그 인간 이름을 입에 담던데, 도대체 무슨 일인데?"

김윤찬이란 말에 한상훈 교수가 반응을 보였다.

"네, 이번 일도 김윤찬 선생의 시나리오 같습니다."

"시나리오? 아니, 복귀한 지 얼마 되지도 않은 인간이 뭘 어떻게 했다는 거야?"

"그게, 구해준 교수를 설득한 사람이 김윤찬 선생인 것 같습니다."

"김윤찬이 구해준 교수를 설득해? 뭘? 흉부외과 써전이 산부인과에 대해서 뭘 안다고 설득을 해?"

한상훈 과장이 이해하기 힘들다는 듯 미간을 찡그렸다.

"아이 엄마의 자궁 경부암이 아이의 폐에 전이됐을 가능성이 높으니까, 존스홉킨스에 유전자 분석 의뢰를 하자고 말입니다."

"김윤찬이 그랬다고?? 확실해?"

"네, 확실합니다."

"어이없네! 김윤찬이 그걸 어떻게 알아낸 건데?"

한상훈 과장의 얼굴이 마구 일그러졌다.

"어떻게 알아냈는지까지는 저도 모르겠습니다. 죄송합니다."

나기만이 한상훈을 향해 고개를 숙였다.

"됐어! 당신이 뭐가 죄송해! 김윤찬, 그 새끼가 미친놈이지. 대체 이 인간 뭐야? 나도 생전 처음 들어 본 건데, 어? 이게 책에 나와? 자네는 들어 봤나, 산모의 양수를 흡입해 암이 전이된다는 사실을??"

한상훈 과장이 어이없다는 듯이 마른세수를 했다.

"아뇨, 저도 들어 보지 못했습니다. 저도 소식을 듣고 뉴잉글랜드의학저널(NEJM)을 샅샅이 뒤져 봤지만, 그런 내용은 없었습니다."

"그런데 한낱 펠로우 따위가 그걸 어떻게 안 거냐고?? 도대체 뭐 하는 인간이야, 김윤찬!"

"후우, 그러게 말입니다. 김윤찬 그 친구, 절대로 만만하게 봐선 안 될 것 같습니다."

"그래, 내가 그놈, 처음 볼 때부터 심상치 않다 싶었어. 그래서 내 걸로 만들려고 했던 거야. 탐이 났거든, 그 눈빛이."

"송구한 말씀이지만, 이미 과장님이 가지시기엔 남의 손을 너무 탄 것 같습니다."

"고함 교수 말인가?"

"그렇습니다. 이젠 너무 늦은 것 같습니다."

"그러면 어떡해?"

"어떡하겠습니까, 과장님 것이 될 수 없다면, 고함 교수도 가지면 안 되죠."

"그래서?"

한상훈 과장이 눈매를 좁혔다.

"그 누구도 가질 수 없도록 망가뜨려야 하지 않겠습니까?"

"망가뜨린다? 자네, 자신 있나?"

"해 봐야죠. 어차피 김윤찬이 존재하는 한, 저 역시 쓸모없는 장난감일 뿐일 테니까요."

"무슨 말을 그렇게 해? 난 자네를 장난감이라고 생각해 본 적 없어, 이 사람아!"

'에이, 사람하곤!'

한상훈 과장이 연신 손사래를 쳤다.

"장난감이든, 사냥개든 전, 상관없습니다. 장난감으로서, 아님 사냥개로서 과장님께 기꺼이 쓸모 있는 도구가 되어 드리겠습니다. 저를 맘껏 이용해 주십시오. 그리고 나중에 버리십시오. 더 이상 필요가 없으시다면."

상대가 뭘 원하는지 정확히 꿰고 있는 나기만이었다.

쓰다 버려도 원망하지 않겠다는 이 말만큼 상대를 방심하게 하는 말이 있을까?

그런데 말이다.

주인이 몽둥이를 들고 잡아먹자고 들면 아무리 사나운 사냥개라 할지라도 어찌할 방법이 있겠는가?

하지만 그 주인한테 몽둥이가 없다면? 아니, 스스로 몽둥이를 잡을 생각을 하지 못하게 된다면?

멧돼지도 사냥하는 사냥개에게 주인 따위는 그저 양발로 걸어 다니는 가냘픈 사냥감에 불과할 뿐이리라.

"허허허, 사람하곤! 무슨 그런 말이 다 있어? 됐고, 오늘 기분도 꿀꿀한데, 술이나 한잔 하러 가세. 응?"

"네, 모시겠습니다. 카페 님프로 모시면 되겠습니까?"

"그래그래. 난 우리 나기만 선생이 좋아. 우리 마누라보다 내 맘을 더 잘 알거든."

하하하, 한상훈 과장이 목젖이 보이도록 환하게 웃었다.

한 달 뒤, 흉부외과 병동 하늘공원.

면역 항암 치료에 들어간 사랑이. 치료 한 달 만에 에크모를 뗄 정도로 빠르게 회복되었으며, 사랑이 엄마 역시, 구해 준 교수의 집도하에 수술을 마친 후, 회복기에 접어들었다.

두 모녀 모두 회복 속도는 예상보다 훨씬 빨랐다.

"고맙습니다, 선생님! 이 은혜를 어떻게 갚아야 할지……."

감격에 겨운 듯, 한용기 대원이 내 손을 부여잡았다.

"고맙긴요. 정선에서 절 살려 주신 분이 한 대원님 아닙니까? 부러진 제비 다리 고쳐 줬으면, 박씨 몇 개 정도는 물어다 줘야 사람의 도리 아닙니까?"

"하하하, 그렇게 되는 겁니까?"

"아뇨, 농담이고요. 잘 버텨 준 사랑이랑 아이 엄마가 더 고맙죠. 우리 사랑이 이제 곧 있으면 모유 수유도 가능할 겁니다."

"정말입니까? 아이 엄마가 엄청 좋아할 겁니다!"

"네네, 태어나면서부터 큰 곤욕을 겪었으니, 우리 사랑이 앞으로 무병장수할 겁니다. 액땜했다 생각하십시오."

"네네, 선생님! 아, 우리 사랑이 이름 지었습니다!"

"아, 정말요? 이름이 뭔가요?"

"윤서요, 한윤서!"

"와! 이름 이쁘네요."

바로 그 순간이었다.

"아빠!"

한용기를 향해 달려오는 아이. 그는 누가 보더라도 한용기 2세가 틀림없었다.

"어, 윤찬아!"

달려와 한용기의 품에 안긴 녀석.

"어? 이 아저씨 이름도 나랑 똑같네?"

나를 힐끗 쳐다보더니, 조심스럽게 손가락으로 내 네임택을 가리켰다.

"윤찬아, 선생님께 인사드려야지."

"안녕하세요! 한윤찬이라고 합니다."

녀석이 배꼽에 양손을 모아 정중하게 인사했다.

"인사도 너~무 잘하네, 윤찬이."

"감사합니다!"

"그래그래. 우리 윤찬이, 아저씨랑 병원 구경하러 갈까?"

"네, 좋아요!"

"그래그래, 가자! 병원 구경도 하고 맛있는 아이스크림도 먹자!"

"와! 신난다! 정말요?"

녀석은 기분이 좋은지 팔짝팔짝 뛰며 좋아라 했다.

"자, 가자."

난 녀석을 번쩍 들어 올리려 했으나…….

"후후후, 쉽지 않을걸요. 이 녀석이 절 닮아서……."

그 모습에 한용기 대원이 무안한지 뒷머리를 긁적거렸다.

"그러게요. 유, 윤찬아! 우리 손잡고 가자, 응?"

난 어쩔 수 없이 약해질 수밖에 없었다.

아무튼, 이렇게 난 너무나도 소중한 한용기 대원 가족을 지켜 낼 수 있었다.

걸 그룹이 꿈인 소녀

산부인과 구해준 과장실.

구해준 과장이 자신의 연구실로 날 불렀다.

"윤찬아, 나 존스홉킨스에 잠시 다녀와야 할 것 같아. 그쪽에서 지난번 산양이 사례를 가지고 합동 논문을 써 보자고 하네?"

"와, 축하합니다, 교수님! 정말 잘됐네요."

"그런데 말이야, 음…… 내가 그래도 될까?"

구해준 과장이 민망한 듯 얼굴을 붉히며 조심스럽게 내 의사를 물었다.

그가 이렇게 조심스러운 이유는 나 때문이리라.

당연히 그래도 되죠!

아마, 연구 결과가 나오면 센세이셔널할 겁니다. 10년을 당긴 연구 결과인데 왜 아니겠어요!

그 영광은 오롯이 교수님의 몫입니다. 제 걱정은 마시고 마음껏 누리십시오. 축하합니다, 교수님!

"왜요? 무슨 문제라도 있나요? 존스홉킨스에서 민머리 의사는 안 된다고 하던가요? 논문 쓰는 데 외모도 봐요?"

난 구해준 과장의 반짝거리는 앞이마를 가리켰다.

"인마! 내가 가장 민감하게 생각하는 곳을 건드려? 우리 과 애들 같았으면, 넌 벌써 뒈졌어."

"그러니깐요. 큭큭큭, 김 선생이나 주 선생이 얼마나 입이 간질간질했을까요?"

"녀석하곤! 인마, 그게 아니라 이거 솔직히 내 거 아니잖니? 네가 다 차려 놓은 밥상에 숟가락만 얹어 놓은 건데, 이걸 내가 먹어도 되나 싶다."

"교수님은 충분히 드셔도 될 자격이 있으십니다! 아무 걱정 마시고 맛있게 드세요. 어차피 교수님 아니었으면 죽도 밥도 안 될 일이었어요. 이거, 교수님 거! 맞습니다."

"그러냐?"

"네, 사랑이 살리신 건 교수님이세요. 제 말을 귀담아들어 주셨고, 한상훈 과장님과 싸워 주셨잖아요. 제가 아무리 떠들어 봐야 누가 들어나 준다던가요? 교수님쯤 되시니 한상훈 과장님도 인정하시는 거죠."

"하여간, 이 새끼 아주 입 안의 사탕이구먼. 고함 교수가 너 안 버린다니? 내가 주워 가게."

나를 바라보는 구해준 교수의 눈이 반달이었다.

"고함 교수님이 버려도 교수님이 못 가져가실 겁니다. 그 냥반, 망가뜨렸으면 망가뜨리지 남 쓰는 꼴은 죽어도 못 보시니까요."

"하기야, 그렇긴 하다, 그치? 의사가 팔 한쪽 잃고 무슨 일을 하겠니? 너 데리고 왔다가 무슨 사달이 날려고."

후우, 구해준 교수가 한숨을 내쉬었다.

"그러게요. 전, 아무래도 CS에 뼈를 묻어야 할 것 같아요. 완전, 빼박입니다!"

"그래, 고함 교수 옆에 네가 있는 게 얼마나 든든한지 모르겠어. 여우 같은 한상훈이가 그 고지식한 인간한테 무슨 해코지를 할지 심히 걱정이다. 우리 함이 잘 좀 부탁하자, 윤찬아."

구해준 교수가 내 손을 꼭 쥐었다.

"헤헤헤, 이거 뭔가 거꾸로 된 것 같은데요?"

"좀 그렇지? 원래 고함 그 인간이 좀 그래. 참 손이 많이 가는 인간이야."

"그렇죠? 우리 교수님, 참 손이 많이 가는 분이세요. 아직까지 라면도 제대로 못 끓이시더라고요. 배 속에 들어가면 다 똑같다나 어쩐다나."

"그래그래, 손 참 많이 가는 인간이야. 마누라라도 있으면 좀 덜할 텐데, 그게 무슨 궁상이라니? 무슨 병하고 결혼했느니, 메스가 자식이니 하면서 뻘소리나 하고, 미치겠다, 진짜!"

어휴, 구해준 교수가 어처구니없다는 듯이 혀를 내둘렀다.

그래도 다행입니다. 교수님 같은 분이 고함 교수님 옆에 계셔서요!

❤

이기석 교수 진료실.

"김윤찬 선생, 정아는 좀 어떤가요?"

이기석 교수가 차트를 넘겨 보며 물었다.

"어제부터 상태가 악화되어 에크모(체외막 산소 공급 장치) 치료를 받고 있습니다."

작년에 입원해 기도 삽관 후 인공호흡기 치료를 받았으나 갑자기 상태가 악화되어 에크모 치료를 할 수밖에 없었다.

13세 여아, 이정아.

정아는 작년 8월에 연희병원에 입원한 환자로, 내가 교도소 의무관으로 근무했을 때부터 우리 병원에 있었던 환아였다.

리틀 윤아라고 불러도 될 만큼 예쁘장하게 생긴 외모가 걸

스시대 윤아를 빼닮았다.

여자 아이돌이 꿈인 이 가냘픈 소녀가 앓고 있는 병은 그 이름도 생소한 펄머너리 켈펠레리 히맨지오메토우시스(폐 모세 관성 혈관종증)였다.

1978년 바헨부르트에 의해 처음 보고된 후로 현재까지도 매우 드물게 보고되는 희귀 폐 질환이었다.

폐 모세혈관이 비정상적으로 과다 증식함으로써 혈관 내막이 두꺼워져 혈관 저항이 급상승하는 특징이 있었다.

원인은 아직 규명되지 않았으며, 적절한 치료법조차 존재하지 않는다. 이 때문에 예후가 매우 불량했으며, 유일한 치료법은 폐 이식수술밖에는 없었다.

정아의 지금 상태를 고려해 볼 때, 생존 기간은 폐 이식을 받지 못한다면 최대 3년을 넘기 힘든 상황이었다.

현재, 정아는 코노스(국립장기조직혈액관리원)에 등록해 뇌사자 폐 이식을 기다리고 있는 중이었다.

"언제 코노스에서 연락이 올지 모르니까, 정아를 최대한 많이 움직이게 해야 해요. 자꾸 누워만 있으면 근육이 약해져서 당장 공여자가 나온다고 해도 이식수술은 힘들어요."

정아는 목 혈관에 인공호흡기가 삽입된 상황이라 거동은 제한적일 수밖에 없었다.

그럼에도 불구하고 이기석 교수는 진정한 '냉혈한'답게 정아에게 조금이라도 움직이라고 질책했다.

"네, 정아와 보호자에게 말해 두겠습니다."

"그래요. 조금 아프다고 자꾸 이렇게 늘어지게 되면 정작 공여자가 나왔을 때 무용지물이 됩니다."

어휴, 바늘로 찔러도 피 한 방울 나지 않을 인간!

고통의 정도를 1~10으로 구분한다면 정아가 받는 고통은 10에 가까웠다.

하지만 이기석 교수는 아이의 엄청난 고통에도 눈 하나 깜박거리지 않았다.

"알겠습니다. 조금이라도 움직일 수 있도록 하겠습니다."

"그 정도 가지고는 안 됩니다. 꾸준히 근육을 사용해야 해요. 지금 좀 편하자고 나태해지면 죽도 밥도 안 됩니다."

이기석 교수의 목소리는 물기 하나 없이 건조했다.

"네, 알겠습니다."

"그래요, 김윤찬 선생이 좀 더 신경 쓰도록 하세요. 특별한 징후가 생기면 바로 보고하도록 하고."

"네. 그나저나 저건 뭡니까? 그림 같은데요?"

이기석 교수 책상 위에 누군가가 그려 준 듯한 그림 한 장이 놓여 있었다. 이기석 교수의 특징을 잘 잡아낸 캐리커처였다.

"아, 이거. 아무것도 아닙니다. 신경 쓸 것 없어요."

드르륵, 그러자 이기석 교수가 슬그머니 서랍을 열고 그림을 집어넣었다.

"아, 네. 그나저나, 공여자가 빨리 나와야 할 텐데요."

"흐음, 그거야 뭐, 우리가 할 수 있는 게 없지 않습니까? 기다리는 수밖에요."

"공여자가 나오면 교수님이 직접 집도하실 거죠?"

"네, 당연하죠. 제가 집도의니까."

"음, 저도 정아가 수술을 받게 되면 수술방에 들어가고 싶은데 가능하겠습니까?"

"후후후, 그러면 그냥 말려고 그랬습니까? 당연히 들어오셔야죠."

"네, 감사합니다! 그나저나 교수님, 외람된 말씀이오나 부탁 하나 드려도 되겠습니까?"

"부탁이라……. 무슨?"

"흐음, 정아나 정아 엄마나 지금 심적으로 너무 무너져 있어요. 특히 정아 어머님은 지푸라기라도 잡고 싶은 심정일 겁니다. 교수님 말씀 한마디에 천당과 지옥을 왔다 갔다 하거든요."

"그래서요?"

이기석 교수가 퉁명스럽게 말을 내뱉었다.

"네?"

"그래서 뭘 어쩌라는 겁니까?"

"……좀 더 친근하게 대해 주시면 안 되겠습니까? 교수님 상담을 받고 난 후면 하루 종일 우시는 것 같더라고요."

"그게 나와 무슨 상관입니까?"

이기석 교수가 아무렇지 않다는 듯이 눈매를 좁혔다.

"네?"

"김윤찬 선생! 우리는 의사지, 심리 상담사가 아닙니다. 정아가 앓고 있는 병은 말로 치료가 되는 병이 아니에요. 괜히 환자와 보호자에게 헛된 희망을 갖게 해서는 안 돼요. 내가 해 줄 수 있는 것과 할 수 없는 걸 구분해야 합니다."

"네, 그렇긴 하지만……."

"김윤찬 선생, 명심하세요. 환자와 그 가족에게 가장 혹독한 게 헛된 희망이에요. 정아가 앓고 있는 병은 근치적 치료법(근본적인 원인을 제거하는 치료법)도 없는 상황이고, 언제 공여자가 나올지 알 수 없는 상황이에요. 어쭙잖게 위로한답시고 괜한 희망을 품게 하지 마세요."

"네에, 알겠습니다."

3년이 지났건만, 예전하고 달라진 건 아무것도 없었다.

아무튼, 좀 가까워졌다 생각했는데, 역시나 가까이하기엔 너무 먼 이기석 교수였다.

정아의 병실.

죽은 사람도 일으켜 세운다는 첨단 장치 에크모.

효과가 뛰어난 만큼, 치료를 견뎌 내는 것도 힘들었다. 특히나 가냘픈 13세 소녀에게는 말이다.

마치 만화 속 촉수 괴물처럼 본체에서 뻗어 나온 수많은 관이 정아의 몸을 휘어 감고 있었다.

심장과 폐의 역할을 대신하는 에크모. 가느다란 촉수 같은 관이 정맥에 연결되어 피를 뽑아내고, 이렇게 뽑아낸 피는 따뜻하게 데워져 동맥을 통해 몸속으로 다시 들어간다.

관을 통해 진정제가 투입되면, 어느 정도 편안해져 대화도 나눌 수 있었다.

아이러니하게도 이 무시무시한 촉수 괴물 같은 에크모는 정아의 가냘픈 생명을 유지시켜 줄 유일한 생명 줄이었다.

"정아야, 안 힘들어? 힘들면 누워도 돼."

벌써 2시간째, 정아는 이어폰을 꽂은 채 앉아 노래를 흥얼거리고 있었다.

누워 있는 것도 힘든 녀석이.

"아뇨, 누워 있으면 이기석 교수님한테 혼나요."

정아가 끼고 있던 이어폰을 빼내며 말했다.

"교수님이 그러셨어?"

"허억, 네, 지난번에도 혼났거든요. 허억, 벽에 기대지도 말라고 하셨어요. 기증자 나오면 바로 수술해야 되니깐."

"그랬구나. 우리 정아 착하네?"

"감사합니다. 근데, 선생님도 되게 잘생기셨다! 누구지?

영화배우 공윤 닮았어요."

"헐, 공윤이 들으면 싫어하겠다."

"아니에요. 눈이랑 코랑 입이랑 되게 비슷해요."

녀석은 언제나 밝고 긍정적이었다.

"아이쿠, 고마워. 그러면 나도 이기석 교수님처럼 그림 그려 주면 안 될까?"

"어? 그걸 어떻게 아셨어요?"

혹시나 했는데, 정아가 그려 준 그림이 맞았다.

"이기석 교수님이 보여 줬어. 아니지, 보여 줬다기보단 내가 본 거긴 하지만."

"그랬구나! 그럼요! 그려 드릴게요. 근데 지금은 좀 힘들어요. 팔에 힘이 없어서. 나중에 수술받으면 꼭 그려 드릴게요! 그때까지 기다려 주실 수 있죠?"

정아가 턱짓으로 링거 줄이 잔뜩 꽂힌 자신의 팔을 가리켰다.

"그럼, 당연하지. 기다리고말고."

"그럼 됐어요!"

정아가 날 보며 빙그레 웃었다.

"정아야, 지금까지 오랫동안 앉아 있었으니까 힘들면 누워도 돼. 이제 진정제 기운 떨어질 때 됐어."

진정제 기운이 떨어지게 되면 정아는 또다시 힘겨운 고통과 싸움을 계속해야 했다.

"아니에요. 지금부터 딱 30분만 더 앉아 있을래요."

"그래? 그러면 나도 정아랑 30분만 같이 있을래. 내가 정아 심심하지 않게 말동무해 줄게."

"정말요?"

"그럼, 당연하지."

말동무를 해 준다고 하긴 했지만, 사실 혹시 모를 손, 발, 또는 다리의 혈액 손실이나 발작 등에 대비하기 위함이었다.

"그럼 우리 노래 같이 들어요."

정아가 내 귀에 이어폰 한쪽을 끼워 주었다.

마침 흘러나오는 노래. 유나 솔로 데뷔곡 '러브 이즈 커밍'이었다.

작년에 걸스시대가 해체되자, 독립한 유나는 솔로 데뷔를 했다.

"유나 노래네?"

"어? 선생님도 이 노래 아세요?"

"그럼, 나도 좋아하는 노래야. 이번에 나온 솔로 데뷔곡이잖아."

"그쵸, 너무 좋죠? 저도 나중에 유나 언니같이 되는 게 꿈이에요."

"유나가 그렇게 좋아?"

"그럼요. 유나 언니가 가끔 꿈에 나오기도 하거든요. 유나 언니 한번 만나 보는 게 소원이에요."

"그래?"

"네, 수술하고 건강해지면 제일 먼저 하고 싶은 게 유나 언니 콘서트 보러 가는 거거든요. 언니 춤추면서 노래하는 거, 꼭! 실제로 보고 싶어요. 지금은 힘들겠지만."

정아가 아쉬운 듯 입가에 엷은 미소를 지었다.

♥

병실 밖 보호자 대기실.

"선생님!"

정아 병실에서 나오자 기다리고 있던 정아 엄마가 자리에서 일어났다.

"네, 어머님. 정아 괜찮으니까 좀 주무세요. 늦었는데."

"아니에요. 전 괜찮습니다. 선생님이야말로 좀 쉬셔야죠."

"아닙니다. 밤낮이 바뀌어서 잠도 안 와요. 그나저나, 뭘 그렇게 보고 계셨어요?"

"아, 이거요? 우리 정아 프로필 사진이랑 예전에 찍어 뒀던 거예요."

파란색 파일철에 소중히 담긴 정아의 사진들. 정아 엄마가 옷소매로 파일철을 닦고 또 닦았다.

"저도 좀 봐도 될까요?"

"그럼요! 보세요."

정아 엄마가 파일철을 내게 내밀었다.

"와! 우리 정아, 정말 귀엽네요. 물론 지금도 그렇지만."

춤추며 노래 부르는 정아의 건강했던 시절의 사진들이었
다.

"우리 정아 이쁘죠?"

"네, 완전 요정이 따로 없네요."

"네, 우리 정아, 돌잡이 때 마이크 잡았었어요."

"정말요? 신기하네요?"

"그죠? 세 살 때부터 TV에서 가수들이 나와 춤추고 노래
하면 곧잘 따라 했죠. 그런데, 지금은 저렇게 산소호흡기 없
으면 숨도 제대로 못 쉬니……."

아픈 자식을 둔 엄마의 눈물은 마를 날이 없다. 이제 쥐어
짜도 나오지 않을 것같이 말라비틀어진 정아 엄마의 눈물샘
이 또다시 촉촉해지고 있었다.

"어머니, 힘내세요. 정아는 반드시 이겨 낼 거예요. 제가
여태까지 봤던 환아 중에 정아처럼 의지력이 강한 아이는 본
적이 없거든요."

"저 어린것이 억지로 참는 거예요. 엄마 마음 안 아프게
하려고요."

"……."

"그럴 때마다 전 더 억장이 무너집니다. 차라리 아프다고
울고불고 난리 치면 나으련만."

흑흑흑, 마침내 정아 엄마가 눈물샘을 터뜨리고야 말았다.

"정아, 꼭 예전처럼 노래하고 춤출 수 있을 거예요."

"그, 그럴 수 있을까요?"

"그럼요. 폐 공여자만 나온다면 수술은 그렇게 어렵지 않아요. 지금처럼 정아가 씩씩하게 버틸 수 있도록 어머님이 힘이 되어 주셔야 합니다. 지금부터는 시간 싸움이에요. 정아는 꿋꿋하게 버티는데 어머님이 이러시면 어떡해요?"

"네, 선생님. 버텨 볼게요. 죽을힘을 다해 버텨 볼게요."

"네, 어머님! 힘내셔야 해요. 지금부터는 시간 싸움이에요. 아, 맞다! 정아 오디션 본 적 있다고 하던데 맞나요?"

"네에, 아프기 전에 몇 번 본 적 있어요."

"아하, 그러면 동영상 같은 것도 있겠네요?"

"네, 집 컴퓨터에 있을 거예요. 그건 왜요?"

정아 엄마가 의아한 듯 물었다.

"그냥요. 우리 정아가 인간 비타민이잖아요! 피곤하고 지칠 때 정아 노래 부르고 춤추는 동영상 보면 힘이 불끈불끈 솟을 것 같아서요. 파일 같은 거 있으면 저한테 보내 주실래요?"

"네네, 그거야 뭐 어렵겠어요. 바로 보내 드릴게요."

"감사합니다. 저, 다른 병실 좀 돌아보고 다시 올게요. 정아가 많이 아파하면 바로 콜해 주시고요."

"네, 그렇게 하겠습니다. 선생님, 우리 정아 신경 써 주셔서 정말 감사해요."

"아뇨. 감사는 제가 해야죠. 제가 요즘 우리 정아 보는 맛에 삽니다."

"선생님!"

언제나 마를 새가 없는 엄마의 눈물이었다.

💔

일주일 후, 정아 병실.

"정아야, 컨디션은 좀 어때?"

"괜찮아요, 선생님."

쿨럭쿨럭, 정아가 기침을 하며 가래받이에 물컹한 가래를 쏟아 냈다.

이미 망가질 대로 망가진 정아의 폐.

조금만 움직여도 90~95%를 유지해야 하는 산소 포화도가 80%대로 떨어졌다.

"선생님이 가슴 소리 좀 들어 볼게."

"네에."

청진기를 대 보니 피리 소리 같은 높은음이 들린다. 즉, 기관지가 좁아져 가래가 루멘(내강)에 들러붙어서 나는 소리였다.

이 소리가 점점 뚜렷해진다는 건, 정아의 상태가 점점 악화되고 있다는 방증이었다.

　지금 상황에서 할 수 있는 치료라곤, 거담제 같은 걸 처방해 주는 것이 고작이었다.

　산소 치료나 폐 고혈압을 완화시키기 위한 ACE저해제(안지오텐신 전환 효소 저해제), 핍뇨 현상을 해결하기 위해서 이뇨제, 항염증을 위해 코리티코스테로이드 등등 몇 가지 치료법이 있긴 했으나, 그저 대증 치료(병의 원인이 불분명할 경우, 표면상 나타나는 증세를 치료하는 법)에 불과했다.

　해 줄 수 있는 것이 아무것도 없는 상황. 오로지 폐 이식 말고는 정아를 살릴 수 있는 방법이 없었다.

　"됐어! 단추 끼워도 돼."

　녀석이 수줍게 몸을 돌려 상의 단추를 채웠다.

　"창피해?"

　"당연하죠. 선생님도 남자잖아요."

　"남자 같은 소리 하고 앉아 있네. 선생님이 첫사랑에 실패만 안 했어도 너만 한 딸이 있었을 거야, 이 녀석아!"

　"어휴, 아재 개그!"

　정아가 입을 삐죽거렸다.

　"그럼 내가 아재지 아이돌이냐?"

　"헐, 맥락 없이 갑자기요? 여기 보이시죠. 손발이 다 오그라드는 것 같아요."

　어휴, 정아가 자신의 양팔을 문질거렸다.

"미안, 미안! 그나저나 우리 정아 숨소리 많이 좋아졌는데?"

"정말요?"

"그럼! 이번 객담 검사는 좋은 결과가 예상되는걸."

"정말요? 와! 신난다!"

분명 정아도 자신의 몸 상태가 악화되고 있음을 잘 알 거다. 그럼에도 불구하고 녀석은 얼굴에 밝은 미소를 띠며 오히려 날 안심시키려 했다.

"그렇게 좋아?"

"네, 사실은 그거보다 오늘 기분 좋은 일이 있었거든요."

"기분 좋은 일? 뭔데?"

"오늘 유나 언니가 뮤직스토어에서 1위 했잖아요! 지난주까지만 해도 10위권 밖이었는데, 완전 급상승이요! 선생님, 몰랐어요? 유나 언니 팬이라면서요."

"어? 어어. 알지, 당연히 TV에서 봤지, 1위 하는 거."

"거봐! 에이, 딱 걸렸어요! 선생님, 유나 언니 팬 아니죠?"

"아냐, 아냐, 나 유나 완전 좋아해! 나도 유나가 1위 해서 얼마나 좋아했는데……."

"후훗, 정말요? 그러면 오늘 유나 언니 무슨 옷 입고 나왔는데요? 머리카락 색깔은요?"

"어? 그, 그게, 그게 있잖아……."

"윤찬 쌤! 뮤직스토어는 음방이 아니라 음원 사이트예욧!"

그렇게 내가 망설일 즈음, 레벨 D 방호복으로 갈아입은 유나가 병실 안으로 들어왔다.

"어? 유나 씨 왔어요?"

"호호, 말 돌리시는 것 좀 봐. 그러니까 아는 척 좀 그만해요. 정말, 제 팬이긴 한 거예요?"

병실 안으로 들어온 유나가 눈을 흘겼다.

"네에……."

민망하기 그지없는 순간이었다.

"어? 어?"

뜻밖의 유나의 등장에 정아가 손가락을 들어 그녀를 가리킬 뿐, 아무 말도 하지 못했다.

"네가 정아구나? 안녕!"

유나가 정아를 향해 환한 미소를 지으며 손을 흔들었다.

"저, 정말, 유, 유나 언니? 마, 맞아요?"

여전히 믿을 수 없다는 듯이 정아가 나를 쳐다보며 벌린 입을 다물지 못했다.

"응, 맞아."

"지, 진짜예요?"

"그럼, 맞다니깐. 나, 내 팬도 아니면서 괜히 내 팬인 척하시는 너희 의사 선생님이랑 친구야."

"윤찬 쌤이랑요? 대박! 이건 말도 안 돼! 선생님, 진짜 유나 언니랑 친구예요?"

툭툭, 녀석이 내 어깨를 건드리며 물었다.

"응."

나도 모르게 어깨에 힘이 들어가는 것 같았다.

"그럼 언니, 오늘 윤찬 쌤 보러 온 거예요, 여기까지?"

"아니, 오늘은 정아 보러 왔는데?"

"저를……요? 왜요?"

"응, 사실은 윤찬 쌤이 네 동영상을 보내 줬거든."

"쌤이 내 동영상을요?"

녀석이 믿지 못하겠다는 듯이 나를 힐끗거렸다.

"어, 너 좀 하던데?"

"제가요? 뭘요?"

정아가 어리둥절한 표정으로 날 쳐다봤다.

"동영상 보니까, 음색도 좋고, 춤선이 되게 예뻐! 뭐랄까,
나이도 어린데 우아하면서 되게 힙해."

"저, 정말요?"

"그럼, 당연하지. 그래서 우리 회사 사람들한테 보여 줬는
데, 너 가능성 있어 보인다고 하더라."

"헐, 제가요? 이거, 꿈을 꾸는 건 아니겠죠?"

녀석의 얼굴에 오랜만에 홍조가 올라오는 것 같았다.

"내가 볼 때, 조금만 다듬으면 아주 훌륭한 가수가 될 수
있을 것 같던데?"

"후우, 도무지 믿기질 않아요. 이런 데서 언니를 만나는

것도 신기한데, 제가 가수를 할 수 있다고요? 제가 지금 꿈을 꾸고 있는 걸까요?"

"꿈 아니야, 애! 나도 너만 할 때 연습생 생활 시작했는데, 나, 너만큼 못 했어. 그러니까 이까짓 병 훌훌 털고 일어나서 우리 함께 무대에서 노래 부르자!"

"그, 그런 날이 올까요?"

"당연하지. 옆에 계신 윤찬 쌤이 그렇게 해 주실 거야. 그쵸, 쌤?"

"저요? 아, 네. 그럼요. 당연히 그래야죠. 나중에 우리 정아 유명해져서 쌤 모르는 척하면 혼난다?"

"헤헤헤. 네, 쌤!"

오늘처럼 정아가 환하게 웃는 모습을 본 적이 없었던 것 같다.

잠시 후.

정아 병실에서 나온 나와 유나는 입고 있던 방호복을 갈아입고 하늘공원으로 자리를 옮겼다.

"유나 씨, 와 줘서 고마워요. 요즘 엄청 바쁠 텐데. 제가 맨날 유나 씨한테 신세만 지네요."

가만히 생각해 보니 유나한테 진 신세가 이만저만이 아니었다.

"알긴 알아요?"

유나가 눈을 흘기며 팔꿈치로 내 팔을 건드렸다.

"그럼요. 제가 얼마나 고마워하고 있는데요."

"그런데 뮤직스토어가 뭔지도 몰라요? 오늘 나 음원 차트 1위 했는데."

유나가 서운한 듯 입을 삐죽거렸다.

"아, 그건…… 미안해요. 다음부터는 꼭 챙겨서 볼게요."

"어휴, 내가 그냥 엎드려서 절 받는 게 낫겠네요."

"정말, 미안해요. 나중에 제가 꼭 맛있는 밥 살게요."

"칫, 쌤 밥 얻어먹으려다 굶어 죽겠네요. 저, 우리나라 최고 걸 그룹 출신 아이돌이거든요! 쌤 말고도 밥 사 준다는 사람, 널리고 널렸네요."

"미안해요."

"맨날 미안, 미안!"

"미안해요."

"또 그런다?"

"……."

솔직히 이 여자한테는 미안하단 말 말곤 딱히 할 말이 없었다.

"아니에요. 이참에 쌤 얼굴도 보고 하는 거죠."

"네, 저도 오랜만에 유나 씨 봐서 정말 좋았어요."

"빈말이라도 듣기 싫진 않네요. 그건 그렇고, 정아 저 아이 정말 재능 있어 보여요."

"정말요?"

"그럼요. 사실 윤찬 쌤 보는 것도 보는 거지만, 정아 동영상 보고 깜짝 놀라서 바로 달려온 거거든요."

"그래요? 정아가 그렇게 재능이 있나요?"

"네에. 춤선도 예쁘고, 키는 그렇게 크지 않은데 하체가 길어서 굉장히 매력적이거든요. 특히 음색이 굉장히 유니크해서 솔로로 데뷔해도 대성할 것 같더라고요. 왜 에이전시에서 저런 보석을 그냥 놔뒀나 모르겠어요. 이참에 제가 얼른 주워 가야 할 것 같아요."

유나가 로또 복권이라도 당첨된 양, 눈을 빛냈다.

"와! 내 눈이 그렇게 막눈은 아니네요? 저도 정아 동영상 보고 깜짝 놀랐거든요."

"그나저나, 윤아 병은 심각한 건가요? 얼핏 들으니까 폐 이식을 해야 한다고 하던데?"

유나가 걱정스러운 표정으로 물었다.

"네, 맞아요. 그 방법밖에는 없습니다."

"제발, 윤찬 쌤이 책임지고 정아 병 낫게 해 줘요. 정아는 가지고 있는 재능이 엄청 많은 아이예요. 이건 타고난 거거든요."

유나가 양손을 모으며 안타까워했다.

"와우! 우리 정아가 그 정도인 줄은 몰랐어요. 아무튼 오늘 와 줘서 너무 고마워요. 정아한테 큰 힘이 됐을 거예요."

"네, 저도 순수한 정아 보면서 오히려 제가 힐링되는 것 같았어요. 정아 꼭! 무대에 설 수 있도록 윤찬 쌤이 도와줘요."

"네, 최선을 다하겠습니다."

❤

그리고 며칠 후.

―코드 블루! 코드 블루! 원내에 흉부외과 김윤찬 선생님 계시면 병동 817호로 와 주십시오! 다시 한번 말씀드리겠습니다. 원내에 흉부외과……

의국에서 차트를 정리하고 있는데, 스피커를 통해 나를 찾는 안내 방송이 흘러나왔다.

817호! 정아의 병실이었다.

"서, 선생님, 우리 정아 어떡해요?"

쿨럭쿨럭.

정신없이 달려간 정아의 병실. 문을 열고 들어가니 정아가 미친 듯이 기침을 토해 내고 있었다.

"어머님, 밖에 나가 계세요. 제가 좀 보겠습니다."

"우, 우리 정아 괘, 괜찮은 거예요?"

정아 엄마가 사색이 된 얼굴로 날 쳐다봤다.

"네, 제가 왔으니 걱정 마시고 밖에서 기다리세요. 제가 잘 치료하겠습니다.”

“네, 선생님! 부탁합니다! 부탁합니다!”

정아 엄마가 몇 번이고 인사를 하며 밖으로 나갔다.

쿨럭쿨럭!

청색증으로 인해 얼굴이 검푸르게 변해 버린 정아.

쿨럭쿨럭, 쿨럭쿨럭.

쉴 새 없이 쏟아 내는 기침 소리는 마치 갈비뼈를 부숴 버릴 듯 맹렬했다.

“정아야, 괜찮아?”

“…….”

쿨럭쿨럭, 연달아 쏟아 내는 기침에 정신을 차릴 수 없는 정아였다. 내 질문에 대답할 겨를이 없는 듯했다.

“선생님이 가슴 좀 볼게.”

쿨럭쿨럭!

그저 대답없이 고개만 끄덕이는 정아.

정아의 상의 단추를 풀어 헤치고는 확인한 가슴 소리. 쌕쌕거림과 함께 높은음의 피리 소리가 잡혔다.

“윤 간호사님, 심장 에코(심장 초음파) 볼게요! 빨리요!”

“네, 선생님.”

검사 결과는 참혹했다.

폐동맥 혈압 28mmHG, 폐 모세 혈관 쐐기압 17mmHG!

평소보다 상당히 높은 수치였다.

일반적으로 폐동맥 혈압이 평상시 14mmHg가 정상임을 감안할 때, 두 배에 가까운 수치였다.

정아의 상태는 심각했다.

정아의 상태를 설명하자면, 가만히 앉아서 TV를 보고 있어도 폐는 고산지대에 올라가 숨이 턱턱 막힐 정도의 전속력으로 달리기를 하고 있는 것과 같다고 보면 이해하기 쉬울 것이다.

당연히 숨이 차 호흡곤란이 올 것이고, 그로 인해 맹렬한 기침을 토해 내는 것.

지금의 상태로 가만히 놔둔다면, 저산소성 혈증으로 인해 어레스트가 올 수 있는 긴박한 상황이었다.

일단 저산소증부터 잡아야 했다.

"윤 간호사님, HFNC(고유량 비강 캐뉼라) 분당 60리터까지 올릴게요."

일반적으로 편안하게 휴식을 취한 상태에서 사람들이 호흡하는 산소량은 분당 8~10리터. 호흡곤란이 있을 경우 분당 30리터까지 필요한 것을 감안할 때, 정아는 분당 60리터의 산소가 필요할 만큼 엄청난 저산소증에 시달리고 있었다.

지금 정아가 달고 있는 고유량 비강 캐뉼라를 통해 유입할 수 있는 최대 산소량이었다.

"네, 선생님. HFNC 산소 분당 60까지 올렸습니다!"

콜록콜록.

잠시 후, 고농도 산소를 투입하고 나서야 정아의 기침 소리가 조금은 잦아드는 것 같았다.

"오늘 와파린(항응고제) 투여했습니까?"

"오전에 투여했어요."

"포프로스테놀 정주(정맥주사) 한 지 얼마나 됐죠?"

"이제 막 24시간 지났습니다."

"그래요? 그러면 트레프로스티닐(폐 고혈압 피하주사제) 피하주사 할게요. 1앰풀만 가져다주세요."

그렇게 난 트레프로스티닐을 피하주사 했다. 잠시 시간이 흐르자 정아의 기침 소리는 잦아들었고, 치솟던 폐동맥 혈압도 조금씩 낮아지고 있었다.

"윤 간호사님, HFNC 분당 30리터로 낮춰도 될 것 같아요."

그렇게 시간이 흘러 1시간 후.

이제야 정아의 얼굴에 청색증이 가시고 핏기가 돌았고, 가빴던 호흡도 어느 정도 안정을 되찾기 시작했다.

"서, 선생님……."

마침내 기침도 잦아지자 정아가 초점 없는 눈으로 날 쳐다봤다.

"정아야, 괜찮아?"

"……."

녀석의 양손을 꼬옥 잡아 주자 정아가 힘없이 고개를 끄덕였다.

"숨 쉬는 건 좀 어때?"

"괜찮아요."

"후우, 다행이다. 이제 됐어."

"선생님이 저 살려 주신 거예요?"

"응, 쌤이 우리 정아 살렸어. 고맙지?"

"네, 고마워요, 쌤. 나중에 그림 예쁘게 그려 드릴게요."

"그래, 꼭!"

"네에."

"정아야! 아프면 아프다고 말해. 울어도 좋고, 소리 질러도 괜찮아. 창피한 거 아니야."

"우리 엄마 불쌍해서요. 저 울면 우리 엄마 마음 아프잖아요."

"인마! 어린 녀석이 다 큰 어른처럼 굴면 얼마나 재수 없는지 알아? 그냥 울어! 왜 참아, 바보야! 오늘 조금만 늦었으면 큰일 날 뻔했잖아, 이 녀석아!"

"선생님, 그, 그러면 울어도 돼요?"

이미 정아의 눈에 눈물이 가득 고여 있었다.

"원래 아프면 우는 거야. 너만 한 애들은 다 그래. 그런데 왜 너만 유난을 떨어?"

"저, 정말요?"

이미 울음이 목구멍까지 차올라 있는 녀석이었다.

"어, 울어도 돼. 맘껏 울어."

우앙!

그제야 비로소 녀석이 목 놓아 울기 시작했다.

"그래, 속 후련해질 때까지 마음껏 울어, 맘껏!"

토닥토닥, 난 어깨를 들썩이며 울고 있는 정아의 등을 부드럽게 두드려 주었다.

엉엉엉엉.

내가 어깨를 내어 주자 녀석이 본격적으로 목 놓아 울었다.

살고 싶다고.

훌훌 털고 일어나 무대에 서서 노래하고 싶다고 말이다.

♡

이기석 교수 연구실.

한바탕 소동이 벌어진 다음 날, 이기석 교수가 자신의 연구실로 날 호출했다.

"정아가 하이폭시아(저산소혈증)가 심했다고요?"

"네, 그렇습니다."

"어떻게 조치한 겁니까?"

이기석 교수가 응급조치 내역을 살펴보며 물었다.

"네, 산소 요법하고 트레프로스티닐 정맥주사 해 위기는 넘겼습니다. 현재, 어느 정도 안정을 찾은 것 같아서 HFNC 80%에 맞춰 둔 상황입니다."

"그래요. 잘했어요, 수고했습니다."

이기석 교수가 무표정한 얼굴로 고개를 끄덕였다.

지금과 같은 상황이라면 이기석 교수 역시 해 줄 수 있는 것이 없었다.

산소요법을 통해 부족한 산소를 채워 주고, 트레프로스티닐을 투여해 운동 능력 및 가슴 흉통을 잡아 주는 응급치료를 할 뿐이었다.

"앞으로 향후 4주간은 상황 봐 가면서 증세가 심해질 때마다 조금씩 증량을 해 주세요. 1.25ng/kg/min을 초과하지 않는 범위 내에서요."

"네, 그렇게 하겠습니다."

"그다음부터는 2.25ng/kg/min을 넘으면 안 되는 거 알고 계시죠?"

"네, 잘 알고 있습니다."

"비싼 약입니다. 지금까지는 요양 급여가 인정되지만, 추가 증량하게 되면 모든 약값을 환자가 부담해야 할 거예요. 그 점 유념해 주시기 바랍니다. 비용이 만만치 않을 겁니다."

"네, 신경 쓰도록 하겠습니다."

"그래요, 고생 많으셨어요."

"그나저나 교수님, 정아 상태가 많이 안 좋습니다. 혈관

벽이 너무 두꺼워져서 베라실(혈관확장제) 가지고는 도저히 감당이 되질 않습니다. 어제 같은 상황이 계속 반복될 겁니다. 이렇게 놔두면 결국 우심실부전이 올 수밖에 없는 상황이에요. 이미 하지 부종이 나타나고 있어요."

폐 고혈압 환자의 하지 부종은 심장이 제 역할을 못 하고 있다는 것을 방증하는 증세였다.

"그렇다고 프로스타 씨클린(혈관 확장 및 혈전 제거제)을 쓸 수도 없는 상황 아닙니까? 여건이 허락하는 한도 내에서 최선을 다해 봅시다."

프로스타 씨클린의 경우, 효과는 뛰어나나 평생 투여해야 하고 연간 비용이 7천만 원이 넘기에 정아의 가정 형편상 사용키가 녹록지 않았다.

"네, 알겠습니다. 하루라도 빨리 공여자가 나와야 할 텐데요."

"그게 어디 우리 뜻대로 됩니까? 하늘에 맡기는 수밖에요. 정아 말고도 공여자를 기다리는 사람은 많습니다. 정아보다 더 시급한 환자들도 많고요. 차례를 기다리는 수밖에 없어요."

하여간, 누가 이기석 교수 아니래니? 말 한마디를 해도 꼭 저렇게 재수 없게 해야 하나?

"네, 알겠습니다."

"그래요. 아, 저 오늘 대전에 학회가 있어서 내려갑니다.

며칠 걸릴 것 같아요. 409호 김부경 환자, 체력이 회복되는 대로 ICD(이식형 제세동기) 삽입술 할 거니까, 부정맥 심해지면 아미오다론(항부정맥제) 투여해 주시고, 정아는······."

이기석 교수가 정아에 대해 뭔가를 말하려다 거둬들였다,

"정아는 왜요?"

"아, 아니에요. 김윤찬 선생이 각별히 신경을 써 줘요. 지금도 잘하고 계시지만."

"네, 알겠습니다."

"그래요. 그만 나가서 일 보세요."

"네."

정아한테 관심을 좀 가져 주지.

아마도 몸속에 파란 피가 흐를 거야, 저 냉혈한은.

"선생님, 감사합니다! 정말 감사합니다! 이거 좀······."

이기석 교수 연구실에서 나와 의국으로 향하는 길, 정아 엄마가 자양 강장제 박스를 들고 날 찾아왔다.

"어머니, 이게 뭡니까?"

"그냥, 딱히 감사드릴 방법도 없고 해서 사 온 거니, 제 성의를 봐서 사양치 말아 주십시오. 자양 강장제예요."

수줍게 박스를 내미는 정아 엄마.

얼마나 맘고생이 심했는지 하룻밤 사이에 눈이 퀭했다.

"어휴, 잘됐네요. 가뜩이나 요즘 피곤해서 벽에 머리만 대도 잠들 상황인데, 이거 먹고 힘내야겠어요! 감사히 잘 마시겠습니다!"

이렇게라도 성의를 보이고 싶어 하는 정아 엄마의 마음을 차마 저버릴 순 없었다.

"이렇게 환하게 웃어 주시니 저도 힘이 나네요. 저, 선생님한테 많이 감사하고 있는 거 아시죠? 이 은혜는 평생 잊지 않을게요."

마음 둘 데 없는 그녀에게 유일하게 믿을 수 있는 사람이 나였으리라.

"은혜는요, 무슨! 그런 말씀 하지도 마세요. 정아가 제 초상화 그려 준다고 그랬거든요. 저 그거 받을 욕심에 열심히 하는 거예요. 나중에 우리 정아가 유명한 아티스트가 되면, 그림값이 천정부지로 올라갈 거잖아요. 제가 이러는 데는 다 깊은 뜻이 있는 겁니다."

"네에, 감사합니다. 윤찬 쌤은 참 좋은 의사 같아요."

입가에 희미한 미소를 띠는 정아 엄마였다.

"앗! 그렇게 봐 주신다니 감사합니다."

"윤찬 쌤 같은 아들 하나 있으면, 얼마나 든든할까요."

"어휴, 아닙니다. 저희 엄마가 어머님 말씀 들으시면 기절 초풍하시겠네요! 아직도 저보고 철부지라고 하시거든요."

"그럴 리가요. 이렇게 실력도 뛰어나시고 자상하신데요."

"에이, 아닙니다, 어머님! 사실 제가 어제 꿈을 꿨는데, 정아랑 저랑 사람들이 꽉 찬 무대 위에서 신나게 노래 부르는 꿈이었어요."

"정말요?"

"네, 아무래도 조만간 우리 정아, 공여자 나올 것 같은 느낌적인 느낌입니다. 그러니 절대 포기하지 마시고 힘내세요."

"네, 선생님! 그러면 얼마나 좋을까요?"

정아 엄마가 양손을 모아 간절히 기도했다.

그 기도! 꼭 이뤄질 겁니다.

간절히 원하면 꿈은 반드시 이뤄진다고 했으니까.

♥

며칠 후, 의국.

"어? 이거 뭐냐? 죽은 사람도 일으켜 세운다는 그 신비의 명약 포세이돈 D 아냐? 윤찬아, 이거 마셔도 되냐?"

테이블 위에 놓인 자양 강장제를 발견한 택진이가 호들갑을 떨었다.

"맘대로 해라."

"알았다. 가뜩이나 어깻죽지에 곰 몇 마리가 앉아 있는 것 같았는데 잘됐네. 알약은 없냐? 같이 먹어야 효과가 짱인데."

"야, 그냥 조용히 처드세요. 쓸데없는 소리 지껄이지 말고."

"녜녜, 조용히 처드시겠습니다."

딸깍, 택진이 녀석이 강장제 뚜껑을 돌려 땄다.

'캬하, 힘이 불끈불끈 솟는 것 같군.'

"야, 장기이식 센터 김 코디님이 너한테 연락하라고 하더라. 핸폰 꺼져 있다고 하던데?"

벌컥벌컥, 택진이가 자양 강장제를 입 속에 털어 넣었다.

"왜? 무슨 일인데?"

"뇌사자 나왔다던데?"

"뭐, 뭐라고? 너, 지금 뭐라고 했어?"

"뇌사자 나왔다고! 이번에 정아 차례라고 한 것 같은데?"

"그걸 왜 이제야 말해?"

"지금 말하잖아. 숨 좀 돌리고 말하려고……."

후다닥!

"너! 지금부터 모든 스케줄 캔슬하고 딱 거기 대기 타고 있어! 폐 가지고 와야 하니까."

난, 택진이의 변명 따위를 들을 마음의 여유가 없었다.

이제 정아 살았어!

쿵쾅쿵쾅, 난 미친 듯이 쿵쾅거리는 심장박동을 주체하기 힘들었다.

연희병원 장기이식 센터.

택진의 연락을 받은 난, 곧바로 장기이식 센터 김윤희 코디를 만나러 달려갔다.

"김 코디님!"

"어, 윤찬 쌤 왔어요?"

"네네. 지금 막 택진이한테 연락받고 왔어요. 정아 폐 나왔다고요? 어디요? 어느 병원이래요?"

"호호호, 저 입 하나뿐이거든요. 그렇게 한꺼번에 여쭤보시면 대답 못 해요."

"아, 네. 죄송합니다."

"아니에요. 보기 좋네요. 윤찬 쌤처럼 환자를 아끼는 쌤들도 드물어요."

김윤희 코디가 입가에 미소를 띠었다.

"아, 네. 뭐, 그런 건 아니고요. 어떻게 된 겁니까? 뇌사자가 나온 겁니까?"

"네네! 안타까운 일이긴 하지만 정아한테는 기쁜 소식이겠죠. 13세 여아, TA(교통사고) 환자인데, 지금 막 뇌사 판정 받았다고 코노스에서 연락 왔어요."

"후우, 다행이군요. 사이즈는요? 크기는 맞습니까?"

"네, 정아랑 잘 맞을 것 같아요. 몸무게도 거의 같고 혈액

형도 정아랑 같은 O형이에요."

천운이었다.

하늘이 내려 준 선물이었다.

그토록 찾아 헤매던 폐가 마침내 나타났다.

일반적으로 A형, B형 또는 AB형의 경우, 상대적으로 뇌사자 공여가 쉬운 반면, O형의 경우는 좀 더 시간이 걸리기 때문에 하루하루가 아쉬운 정아에겐 여간 기쁜 소식이 아니었다.

"병원은 어딘가요?"

"운 좋게 병원도 가까워요. 인천, 장하대 부속병원입니다!"

"그래요? 진짜 천만다행이네요. 빨리 가면 30분도 안 걸리겠어요."

"네네, 이제 적출팀이 가서 폐만 가지고 오면 될 것 같아요."

"교수님한테 바로 연락드려야겠네요."

"아뇨, 이기석 교수님한테는 제가 미리 연락드렸어요. 그건 그렇고, 보호자께는 어떻게 할까요? 제가 말씀드릴까요?"

"아니에요. 제가 직접 말씀드리겠습니다."

"그래요! 저보다는 선생님이 말씀드리는 게 좋겠네요. 정아 어머님이 엄청 좋아하시겠어요."

"그러게요. 그러면 적출팀 장하대학병원으로 바로 보내겠습니다."

"네네, 이미 장하대병원 장기이식 센터엔 제가 연락을 해 뒀습니다."

"네, 수고하셨습니다."

잠시 후.

난 득달같이 정아 엄마에게로 달려갔다.

"어머님!"

헉헉헉, 어찌나 뛰어다녔는지 숨이 턱까지 차오르는 것 같 았다.

"선생님! 무슨 일이에요? 이 땀은 다 뭐고."

깜짝 놀란 정아 엄마가 손수건을 꺼내 내게 건네주었다.

"하악하악, 정아요……. 하악하악!"

"우, 우리 애가 왜요? 어디가 또 아픈가요?"

정아란 말만 들어도 심장이 철렁거리는 그녀였다.

"아뇨, 아뇨! 헉헉, 정아! 폐 나왔어요."

"네? 뭐, 뭐가 나와요?"

"방금 김윤희 코디님 만나고 오는 길인데, 정아……. 폐 나왔답니다. 이제 우리 정아, 살았어요!"

"저, 정말입니까, 선생님?"

휘청, 흔들리는 정아 엄마의 동공. 현기증이 나는지 잠시 비틀거리더니 한 손으로 벽을 짚고서야 간신히 섰다.

"어머님, 괜찮으세요?"

"네에, 괜찮아요, 선생님! 우리 정아 폐 나왔다는 거, 사실이죠? 거, 거짓말 아니죠? 저, 정말 우리 딸 수술받을 수 있는 거죠?"

여전히 믿지 못하겠는지 정아 엄마가 연신 되물었다.

"네네, 확실합니다. 지금 택진 선생이 장하대로 폐 적출하러 갔어요. 이제 정아 수술할 수 있습니다!"

"선생님! 정말 감사합니다. 아이고, 우리 정아, 이제 살았어요! 이제 우리 딸, 살았습니다!"

생사의 기로에 서 있는 딸을 둔 엄마에게 이보다 기쁜 소식은 없었으리라.

"네네, 그동안 정아가 잘 버텨 줘서 하늘이 정아에게 선물을 준 것 같아요. 그동안 진짜 고생 많으셨어요, 어머님!"

"감사합니다, 고맙습니다, 선생님!"

그토록 간절히 원하던 일이 현실이 된 지금, 죽어도 여한이 없는 게 부모의 마음이리라.

그런데 왜 그땐 몰랐을까?

난 왜 이들의 이 기쁨을 공유하지 못했던 걸까?

불현듯, 회귀 전 기억이 떠올랐다.

회귀 전.

"아버님, 윤수 폐 이식 공여자 나왔습니다."

"저, 정말입니까? 그러면 우리 윤수 이제 살 수 있는 건가요?"

"……아뇨, 그건 장담할 수 없습니다."

"네? 그, 그게 무슨 말씀이십니까?"

"공여자가 나왔다 해도 모든 것이 해결된 것은 아닙니다. 폐 이식은 여타의 장기이식 수술에 비해 상대적으로 까다롭습니다. 게다가, 윤수 같은 경우는 심장 상태도 좋지 않아, 수술 성공을 장담할 순 없어요. 쉽지 않은 수술이 될 것 같아요."

"그, 그러면요, 우리 윤수는 어떻게 되는 겁니까?"

"그러니까 평소에 근력 운동도 하고 식이요법도 제 지시대로 따라 줬어야죠."

난, 그렇게 윤수 아버지를 탓할 뿐이었다.

"죄송합니다. 정말 죄송합니다. 아이가 너무 힘들어하는 것 같아서요. 앞으로 다신 안 그러겠습니다."

윤수 아버지가 과연 나한테 무슨 큰 잘못을 했던가? 하지만 그는 손이 발이 되도록 빌고 또 빌었다.

"……아무튼, 최선을 다해 수술하도록 하겠습니다. 제가 드릴 수 있는 말씀은 여기까지네요."

"네에, 당연하죠! 최선을 다해 주신다니, 그거면 됩니다.

교수님! 부탁드립니다! 실패해도 괜찮으니 수술만 할 수 있게 해 주십시오."

"네, 알겠습니다. 그러면 전 이만 가 보겠습니다."

"네네, 교수님! 살펴 가십시오!"

내 등 뒤에 대고 수십, 수백 번을 허리를 숙여 인사하는 그.

공여자가 나왔다는 소식을 듣고, 신발도 신지 않은 채 맨발로 달려왔던 윤수 아빠.

난, 그런 사람에게 따뜻한 말 한마디 건네주지 못했다.

아니, 안 했다.

교수라는 권위에 취해서…….

의사는 어떤 상황에서든 감정보다는 이성이 앞서야 한다는 이유로.

아니, 그런 것들은 허울에 불과했다.

사실은 혹시나 생길 일말의 책임도 지기 싫어서 그랬다는 것이 더 정확한 표현이리라.

젠장, 난 그런 의사였다.

하지만 지금은 말해 주련다.

"우리 정아, 이제 수술만 하면 맘껏 노래 부르고 춤도 출 수 있을 거예요!"

"저, 정말입니까?"

만렙닥터리턴즈

"그럼요. 이기석 교수님은 이 분야 최고의 명의세요. 공여자 폐도 건강하니, 반드시 좋은 결과 있을 겁니다. 어머님, 그러니까 신발 신으세요. 바닥 차요."

그 옛날 윤수 아빠가 그랬던 것처럼, 정아 엄마도 맨발이었다.

"괜찮아요. 우리 딸이 폐를 받았는데, 발 좀 차다고 뭔 대수래요. 동상에 걸리면 어때요? 발이 썩어 문드러져도 상관없어요, 선생님!"

정아 엄마가 감격에 겨워 내 손을 움켜쥐었다.

♥

몇 시간 후, 흉부외과 의국.

띠띠띠띠, 서둘러 수술 준비를 마친 난, 곧바로 이기석 교수에게 전화를 걸었다.

"교수님, 어디십니까?"

—네, 이제 막 톨게이트 통과했어요. 지금부터 대략 1시간 이내면 도착할 것 같습니다.

"네, 알겠습니다. 도착하시면 바로 집도하실 수 있도록 준비해 두겠습니다."

—네, 고마워요. 정아 상태는 좀 어떻습니까?

"네, 호흡기내과 장 교수님이 봐 주셨는데, 수술하는 데 큰 무리는 없을 거라고 하십니다. 산소 포화도, 호흡, 맥박, 혈압 전부 정상 수치입니다."

─다행이군요. 장하대학교에는 이택진 선생 혼자 갔나요?

"아뇨, 장대한 교수님이 같이 가셨습니다. 아무래도 택진 선생 혼자 보내기엔 불안한 것 같아서, 제가 장 교수님께 부탁드렸습니다."

─잘했네요. 장 교수가 갔다면 안심이에요.

"넵, 방금 연락받았는데, 이제 막 적출 끝나고 오는 길이라고 합니다. 한 30분 정도면 도착할 것 같습니다."

─폐 상태는요?

"네, 다행히도 양쪽 폐 전부 양호하다고 합니다. 이식하는 데는 무리 없을 것 같습니다."

─하늘이 도왔군요.

"네, 그렇습니다."

─알았어요. 최대한 빨리 가겠습니다.

"아직 시간 여유 있으니까, 무리하지 마시고 안전 운행 하십시오."

─네, 그러죠. 그러면 수술방에서 봅시다.

"네, 스탠바이하고 기다리고 있겠습니다."

잠시 후, 병원 정문.

이기석 교수와의 전화를 끊은 난, 곧바로 적출팀을 마중

나갔다.

삐뽀삐뽀.

30분 후, 마침내 뇌사자 폐를 적출하러 갔던 장대한과 이택진이 돌아왔다.

드르륵, 앰뷸런스 문을 열고 나오는 장대한 교수와 이택진.

"택진아!"

"어, 그래, 나 왔다!"

"폐는?"

"야, 사람은 안 보이고 폐만 보이냐?"

"됐어! 쓸데없는 소리 그만하고, 폐 상태는 좀 어때?"

"완전 싱싱해! 우리 정아 살았다!"

이택진이 주먹을 불끈 쥐었다.

"그래, 빨리 수술실로 올라가자. 후처리해야지."

"그래."

드르륵, 의료진이 소중한 폐가 담긴 아이스박스를 조심스럽게 카트에 실어 수술실로 향했다.

지금까지는 모든 상황이 딱딱 맞아떨어지는 것 같았다.

♥

13번 수술방.

띠띠띠띠. 띠띠띠띠.

정중앙 베드 위에 누워 있는 정아.

이미 마취는 완료된 상황이었고 온갖 의료 기기에서 뻗어 나온 호스들이 깊이 잠들어 있는 정아의 온몸을 휘감고 있었다.

이미 수술 준비가 한창인 수술방.

마취과, 호흡기 내과, 흉부외과 그리고 스크럽 간호사와 체외 순환사 등등 열 명이 분주하게 수술 준비를 하고 있었다.

지이이이잉.

수술방 문이 열리고 마침내 공여자의 폐가 도착했다.

"폐 도착했습니다."

"수고하셨어요!"

폐가 도착했다는 소리에 스크럽 간호사들이 택진에게로 달려갔다.

부스럭부스럭.

스크럽 간호사 장윤아가 아이스박스를 열자 커다란 푸른색 비닐 봉투에 담긴 폐가 모습을 드러냈다.

밝은 선홍색을 띠는 폐를 보니, 택진이 말대로 매우 건강한 폐가 틀림없었다.

정아의 모든 조건에 부합하는 폐가 이토록 건강하다면, 폐 이식수술은 크게 문제 될 게 없었다.

"박 간호사, 콜린스 용액 가져와요!"

"네, 선생님!"

적출된 폐를 보울에 넣고 보존액인 차가운 콜린스 용액을 부으면, 최대 12시간까지 폐를 안전하게 보관할 수 있었다.

인간의 장기 중에서 간 다음으로 큰 폐.

이제 우린 집도의, 이기석 교수가 도착하기를 기다릴 뿐이었다.

그렇게 우린 모든 준비를 완벽하게 갖춰 놓고 이기석 교수가 도착하기만을 기다리고 있었다.

쩍각쩍각.

시간은 계속 흘러가고 있었다.

30분!

곧이어 1시간!

이기석 교수가 도착할 시간이 다 되었는데도 아무런 연락이 없었다.

"김윤찬 선생! 이기석 교수는 아직인가?"

"네, 아직 연락이 없으십니다."

"뭐, 아직 시간은 충분하니까, 좀 더 기다려 보자고. 흐음, 이렇게 늦을 사람이 아닌데? 웬일이지?"

마취과 마철준 교수가 벽시계를 힐끗거리더니 고개를 갸웃거렸다.

"네, 10분 후까지 연락이 없으면 제가 전화해 보겠습니다."

지이이잉.

"이기석 교수 전화 받아?"

잠시 수술방 밖으로 나갔던 김윤찬이 돌아오자 마철준 교수가 걱정스러운 표정으로 물었다.

"아뇨, 전화기 꺼져 있습니다."

"뭐라고! 핸드폰이 꺼져 있다고?"

"네에."

"이거 뭐지? 어떻게 된 거야??"

"글쎄요. 저도 잘 모르겠습니다."

"이거, 아무래도 이상해. 이기석 교수가 수술 시간에 늦을 사람이 아니잖아? 자기 결혼식엔 늦을지언정 수술 시간은 칼같이 맞추는 사람인데, 왜 아직 안 오는 거야? 다시 전화해 봐."

마취과 마철준 교수가 걱정스러운 표정을 지었다.

마철준 교수의 말이 맞다.

김윤찬 역시 이기석 교수가 수술 시간에 늦는 걸 본 적이 단 한 번도 없었다.

항상 미리 도착해 환자 상태부터 점검했던 그의 성정으로 볼 때, 뭔가 문제가 생긴 것이 틀림없었다.

"네, 지금 제가 밖에 나가 보겠……."

지이이잉.

그렇게 김윤찬이 밖으로 나가려는 찰나, 수술방 문이 열리고 이기석 교수가 안으로 들어왔다. 약속한 시간보다 30분 정도 늦은 채로 말이다.

"교수님, 오셨습니까!"

이기석 교수의 모습이 보이자 김윤찬이 득달같이 그에게로 달려갔다.

"이 교수! 왜 이렇게 늦었어? 평소엔 칼 같은 사람이?"

마철준 교수가 안도의 한숨을 내쉬면서도 걱정이 되는지 눈을 깜박거렸다.

당연히 의아할 수밖에, 천하의 이기석이 늦었으니.

"죄송합니다. 차가 좀 막혀 가지고요."

"아냐, 죄송하긴! 왔으면 된 거지. 이 교수 학회 간 사이에 갑자기 공여자가 나온 건데 뭐. 일부러 그런 것도 아니고."

"죄송합니다. 그나저나 공여자 심장은 도착했습니까?"

이기석 교수가 수술진을 향해 인사하며 양해를 구했다.

"네, 지금 스탠바이 중입니다. 그나저나, 무슨 일이 있으셨던 겁니까?"

김윤찬이 걱정스러운 표정으로 물었다.

"별거 아니에요. 수술 준비는 다 된 겁니까?"

"네, 준비는 다 된 것 같은데, 약간의 문제가 생겼습니다."

"문제요? 어떤?"

이기석 교수가 간호사들의 도움을 받아 수술 장갑을 끼며 물었다.

"케뉼레이션(관삽입술) 한 게 너무 짧아서 SVC(Superior Vena Cava, 상대정맥)까지 리프트(연결)하는 건 힘들 것 같습니다."

"환자, 심장 상태가 안 좋은가요?"

"네, 그렇습니다."

"그러면 케뉼라(삽입관) 삽입 못 할 것 같은데요?"

"그렇습니다. 캐뉼레이션은 불가능할 것 같고, 캐뉼라를 바로 RA(우심방)에 직접 삽입해야 할 것 같습니다."

"그래요, 그렇게 하는 게 좋겠군요."

이기석 교수가 김윤찬의 제안을 흔쾌히 받아들였다.

정아의 심장 상태가 좋지 않은 상황이라, 심장에 바로 관을 삽입해 심장의 피를 거의 100% 체외 순환기에서 돌려주는 것이 필요했다.

"그나저나 교수님, 이마에 상처가 난 것 같은데……."

대화를 마치고 자세히 보니, 이기석 교수의 이마가 찢어져 있었다.

"별거 아닙니다. 발을 헛디뎌 넘어졌어요. 대충 치료했으니 신경 쓰지 마세요."

이기석 교수가 손을 들어 상처를 가렸다.

'아닌데, 뭔가 날카로운 것에 찍힌 자국인데.'

"정말 괜찮으십니까? 상처가 좀 깊어 보이는데요? 치료를 하시는 것이……."

"아뇨, 괜찮습니다. 별거 아니니까 신경 쓰지 마세요."

"아, 네."

"그래요. 준비 다 됐으면, 시간 없으니 바로 수술 들어갑시다."

아직 시간적 여유는 있는 상황이었지만, 장기이식 수술은 공여자의 적출된 장기가 아무리 보관이 잘되어 있다 할지라도 적출된 시점부터 최대한 빨리 이식을 하는 것이 모든 면에서 유리했다.

"네, 알겠습니다."

이렇게 시작된 정아의 폐 이식수술.

통상적으로 일측(한쪽) 폐 이식수술에 소요되는 시간은 대략 4~8시간. 양측(폐 두 쪽) 폐 이식수술에는 약 10시간 정도가 소요되는 꽤 까다로운 수술이었다.

정아는 양쪽 폐가 다 제 기능을 하지 못해 양측 폐 이식수술을 할 수밖에 없었다.

이제 드디어 정아에게 새 삶을 선물할 시간이었다.

"메스 주세요!"

"네, 교수님!"

이렇게 정아의 가녀린 정중앙 흉골을 절제 후, 본격적인 이식수술이 시작되었다.

"늑막이 완전히 눌어붙었네?"

흉골을 절제하자 망가진 폐가 드러났다. 이기석 교수의 말대로 폐 표면을 감싸고 있는 늑막과 흉벽 안쪽의 늑막이 눌어붙어 있었다.

마치, 불에 그슬려 표면에 들러붙은 비닐처럼 말이다.

"네, 유착이 심하네요. 제거해야 할 것 같습니다."

"어쩔 수 없죠. 박리부터 시작합시다."

"네, 교수님!"

서걱서걱, 메스를 든 이기석 교수가 능숙한 손놀림…… 아니, 평소와는 다르게 메스를 들고 있는 오른손이 부자연스러워 보였다.

"교수님, 괜찮으십니까??"

"뭘요?"

이기석 교수가 아무렇지 않다는 듯이 되물었다.

분명 뭔가 문제가 있는 것 같은데, 이기석 교수가 말을 하지 않는 것 같았다.

"아, 아닙니다, 아무것도."

"우리 집중합시다. 자칫 피레닉 너브(황경막 신경)나 파링글로링스 너브(인후두 신경)를 건드리면 위험합니다. 보비!"

"네, 알겠습니다."

치지지직, 김윤찬이 이기석 교수의 오더대로 보비를 들고 유착된 늑막에 조심스럽게 가져다 댔다.

'하아, 역시 명불허전이네!'

김윤찬의 속에서 감탄사가 절로 나왔다.

오른손이 불편해 보였지만, 그래도 이기석 교수의 술기는 최고였다. 얇은 막이 서로 겹쳐 벗겨 내기 쉽지 않았지만, 이기석 교수는 무리 없이 완벽하게 유착된 늑막을 분리했다.

"자, 왼쪽 폐부터 시작합니다."

이제부터 본격적인 폐 이식수술이 시작되는 것이다.

완전히 망가진 정아의 왼쪽 폐를 들어내고 공여자의 폐를 이식한 다음, 곧바로 오른쪽 폐를 동일한 방식으로 이식할 예정이었다.

브롱커스(기관지) 컷!

"바스큘라 클램프(혈관겸자) 건드리지 않게 조심하세요! 혈관 날아갑니다. 정신 바짝 차려요!"

"네, 교수님!"

PA(폐동맥) 컷!

PV(폐정맥) 컷!

이기석 교수가 폐와 연결된 각종 혈관을 분리하는 데 성공했다.

그렇게 정아의 썩어 문드러져 시커멓게 변한 폐가 적출되었고, 이젠 싱싱한 공여자의 폐를 달면 되는 상황이었다.

이제부터가 진짜 중요한 시간.

자신의 폐를 들어내 휑해진 정아의 흉곽 속에 새로운 폐를 이식할 차례였다.

뚜뚜뚜뚜.

"마 교수님, 정아 바이탈(활력징후)은 좀 어때요?"

이기석 교수가 고개를 돌려 마철준 교수를 응시했다.

"음, 체온 이상 없고, 뇌파 이상 무, 옥시전 세츄어레이션 (산소 포화도) 조금 떨어지긴 하는데, 심각한 정도는 아니야. 여기는 내가 꽉 잡고 있을 테니까, 아무 걱정 말고 맘껏 실력 발휘해 봐."

마취과 마철준 교수가 손가락을 오므려 오케이 사인을 보냈다.

"네, 알겠습니다. 김윤찬 선생, 기관지부터 연결하겠습니다."

"네, 교수님."

"흡수성 모노필라멘트 4-0 주세요!"

모노필라멘트란 단선으로 되어 있는 실로, 봉합한 후 더 이상 봉합사의 지지가 필요 없을 경우 녹는 성질의 봉합사였다. 일반적으로 녹는 수술용 실이라고 생각하면 된다.

가장 굵은 것이 1-0이고 숫자가 높을수록 굵기는 얇아졌다.

"김윤찬 선생, 이것 보세요. 이것도 축복이라면 축복이겠네요."

이기석 교수가 턱짓으로 공여자와 정아의 기관지를 가리켰다.

"네! 정말 그러네요. 두 사람, 하늘이 맺어 준 인연 같아요!"

사람들의 지문이 각기 다르듯, 장기 또한 혈관의 크기가 각기 달랐다. 하지만 놀랍게도 정아의 기관지와 공여자의 기관지 크기는 거의 같았다.

보통의 경우, 크기가 작은 기관지를 크기가 큰 기관지에 삽입하는 수술 방식을 사용하나, 어이없게도 공여자와 수혜자의 기관지 직경이 거의 일치했다.

원래 하나였다 잠시 헤어진 후, 다시 만난 것처럼.

쌍둥이라고 해도 이처럼 크기가 일치하는 건 불가능했다.

이기석 교수의 말대로 어쩌면 이건 하늘이 내려 준 선물이 아닐까?

그렇게 새삼 놀라운 자연의 신비를 경험한 이기석 교수가 본격적인 기관지 문합에 들어갔다.

한 땀, 한 땀 정성스럽게 기관지를 연결하는 이기석 교수. 어느새 이기석 교수의 두건이 땀에 흠뻑 젖어 있었다.

톡톡톡.

"고마워요."

스크럽 간호사, 윤숙현이 거즈를 들고 땀을 닦아 주자 이기석 교수가 눈인사를 했다.

기관지 연결 방식은 엔드 투 엔드 어내스토머시스(단단문합), 즉 말 그대로 둥글게 자른 공여자의 기관지 단면과 수혜자의 기관지 단면이 맞닿도록 봉합하는 방법이었다.

쉽게 설명하자면 굵은 밧줄을 칼로 잘라 낸 후, 두 개의 둥

근 단면을 다시 맞닿게 놓고 주변을 실과 바늘로 꿰매는 과정이었다.

그렇게 이기석 교수가 문합을 하고 있는 동안, 김윤찬은 폐 주위 심낭, 지방조직을 이용해 보강 작업을 지원했다.

"고마워요."

"아닙니다, 교수님."

지난 3년간의 공백이 전혀 느껴지지 않을 정도로 두 사람의 호흡은 완벽했다. 평소엔 로봇같이 정교했던 이기석 교수의 오른팔이 왠지 부자연스러운 것을 빼고는.

쨱각쨱각, 쨱각쨱각.

그렇게 수술이 시작된 지 어느새 2시간 정도가 흘러갔다.

이제 폐정맥과 폐동맥을 연결하면 일단 전체 수술의 50%는 완료된 것이다.

"LA(좌심방) 닫겠습니다."

"네, 교수님!"

김윤찬이 앵글드 아트리얼 클램프(각형 심방겸자)를 잡고 좌심방 일부를 집었다.

"4-0 프롤린 주세요."

4-0 프롤린은 좀 전에 기관지 문합에 썼던 봉합사와는 달리, 비흡수성(녹지 않는) 봉합사였다.

역시나 마찬가지로 좌심방과 공여자의 폐정맥을 단단문합하면 문제 될 것이 없었다.

그렇게 폐정맥까지 연결한 이기석 교수.

문합은 훌륭했다.

하지만 집도의가 이기석 교수라면 얘기가 달라진다.

평소 마치 방직기계가 천을 짜는 것처럼 한 치의 오차도 없는 그의 손기술이었기에, 이기석 교수라는 이름에 걸맞지 않은 어설픈 봉합이었다.

다른 사람이라면 쉽게 지나칠 일이건만, 김윤찬의 눈은 그 미세한 차이를 놓치지 않았다.

'분명 팔에 문제가 있는 게 틀림없어!'

"고생하셨습니다."

"잘됐네요. 이제 PA(폐동맥) 연결합시다."

이기석 교수의 이마를 감싸고 있는 두건이 흥건하게 젖어 있었을 뿐만 아니라, 온몸이 땀투성이다.

예전 같으면 미동조차 없을 그의 다리가 벌써 몇 번째 휘청거리고 있다.

벌써 많이 지쳐 보인다.

후우, 평소의 이기석 교수답지 않게 긴 한숨을 토해 냈다.

"교수님, 힘드시면 잠시 쉴까요?"

"그럴 시간 있습니까?"

턱짓으로 시계를 가리키는 이기석 교수. 힘들어 보이는 표정에도 김윤찬의 제안을 받아들일 생각은 없는 듯했다.

'그래, 좀 더 지켜보자.'

의심은 가지만 그렇다고 교수의 수술을 막을 수는 없는 법. 김윤찬 역시 좀 더 지켜볼 수밖에 없었다.

"네, 알겠습니다."

아무튼, 이제 마지막 문합만 남은 상황이었다.

"5-0 프롤린 주세요!"

"네, 교수님."

이제 공여자의 폐와 정아 폐동맥의 단단문합을 한 부위의 크기를 고려해 봉합사를 이용해 연속 봉합하면 왼쪽 폐 이식은 끝이었다.

불안불안했지만, 그럭저럭 순조롭게 진행되는 듯했다.

쨱각쨱각.

그렇게 정아의 왼쪽 폐가 새 생명을 얻기까지 4시간 정도가 흘렀다.

이제 조금씩 체력이 떨어질 시간이긴 했으나, 이기석 교수는 평소와는 달리 유난히 힘에 부쳐 보였다.

톡톡톡.

연신 흘러내리는 땀이 이기석 교수의 시야를 가리자 눈치 빠른 윤숙현 간호사가 거즈로 닦아 주었다.

"고맙습니다."

"아닙니다!"

"윤 선생, 메스 주세요."

"네, 교수님!"

바로 그때였다.

툭, 이기석 교수가 윤숙현 간호사에게 건네받은 메스를 손에서 떨어뜨리고 말았다.

부들부들 떨리는 이기석 교수의 오른팔.

'뭐지?'

그 순간, 김윤찬은 이기석 교수의 몸에 뭔가 문제가 있음을 직감했다.

"교수님, 괜찮으신 겁니까?"

"괜찮아요. 신경 쓰지 마세요."

"아뇨! 이마 상처도 그렇고, 좀 전부터 좀 이상하셨습니다. 제가 팔을 좀 봐야 할 것⋯⋯."

"괜찮다니까요!"

"아뇨, 봐야겠어요!"

"아아아악!"

그렇게 김윤찬이 이기석 교수의 팔을 움켜쥐려 하자, 김윤찬의 손길을 뿌리치려던 이기석 교수가 자지러지듯 비명을 토해 냈다.

'이, 이게 뭐야?'

옷소매를 걷어 올려 이기석 교수의 팔을 확인한 김윤찬의 동공이 부풀어 올랐다.

"교수님, 이, 이게 어떻게 된 겁니까??"

이기석 교수의 오른팔 소매를 걷어 보니, 이미 시푸르뎅뎅해진 데다, 퉁퉁 부어 있었다.

"괜찮아요! 아무것도 아니니까 신경 쓰지 마세요."

이기석 교수가 황급히 왼손으로 김윤찬의 손을 끌어 내렸다.

"아뇨! 아무것도 아니라는 분이 닿기만 했는데도 그렇게 비명을 지르시는 겁니까?"

"……진통제 기운이 떨어져서 그래요."

"지, 지금 진통제를 맞으시고 수술방에 들어오신 겁니까?"

퉁퉁 부어오른 이기석 교수의 오른팔. 언뜻 봐도 팔꿈치쪽에 문제가 생긴 게 틀림없었다.

"네, 조금 다쳤을 뿐이에요."

"이게 조금입니까? 제가 다시 한번 보겠습니다!"

"아니래두! 지금 수술 중에 무슨 짓을 하는 겁니까?"

"교수님! 교수님이야말로 무슨 짓을 하시는 겁니까? 언뜻 봐도 팔꿈치에 문제가 생긴 것 같은데, 그게 뭘 의미하는 건지 아십니까?"

팔꿈치 골절이 되면 팔꿈치에서 손으로 내려오는 신경과 혈관이 손상되어 손가락까지 그 영향을 미치기 마련이었다.

외과 의사에게 손가락 감각이 무디다는 것이 뭘 의미하는지는 굳이 설명할 필요가 없으리라.

이제야 이기석 교수의 술기가 평소와 같지 않은 이유를 알

것 같았다.

물론 상상할 수 없는 엄청난 고통이 있었을 텐데, 이를 이겨 내고 좌폐 이식수술을 마쳤다는 것만으로 충분히 위대한 써전이긴 하지만 말이다.

"진통제 하나 더 맞고 오겠습니다. 우리 잠시만 쉬었다 합시다."

"안 됩니다! 큐비탈 프렉쳐(팔꿈치 골절)면 지금 손가락에 힘조차 들어가지 않을 거예요. 방금도 메스를 떨어뜨리시지 않았습니까?"

"……."

"게다가, 팔꿈치 골절이라면 바로 수술을 하셔야 합니다. 나중에 극심한 관절염에 시달리고 싶으십니까? 교수님께 오른손이 뭘 의미하는 건지 잘 아시지 않습니까?"

"그러면 정아는?"

"네?"

"정아는 어떻게 합니까? 팔이야 고치면 되지만 정아는 죽습니다, 내가 아니면!"

'그런 거였군요. 존경합니다, 교수님! 그래서 그 몸을 이끌고 수술방에 들어오셨던 겁니까. 어떻게든 정아를 살리시려고……. 하지만 지금은 무리입니다.'

"제가 해 보겠습니다."

김윤찬이 어금니를 악다물었다.

"뭐라고요? 지금 미쳤습니까? 한 번도 해 본 적 없는 사람이 수술이라뇨?"

'아뇨, 저 폐 이식수술 일곱 번이나 해 봤습니다. 교수님만큼은 아니겠지만, 비슷하게 따라갈 순 있습니다!'

"그건 교수님도 마찬가지십니다. 지금 그 손 가지고는 무리십니다. 메스도 들기 힘든 손으로 어떻게 수술을 하십니까?"

"진통제 한 대 맞고 오면……."

"아뇨, 진통제 가지고 해결될 일이 아닙니다. 못 봤으면 모를까, 제가 본 이상 그렇게 할 수는 없습니다. 교수님이 정아, 절반은 살리셨으니, 나머지 절반은 제가 살려 보겠습니다."

"그걸 지금 말이라고 합니까? 폐 이식수술이 애들 장난 같아 보이나요?"

여전히 의심의 눈초리를 거두지 않는 이기석 교수였다.

"교수님! 저 시력하고 기억력은 최고라고 자부합니다. 교수님이 좌폐 이식하시는 거, 이 두 눈으로 하나하나 담아 머릿속에 집어넣고 있었습니다. 비록 실력은 일천하지만, 교수님의 술기 그대로 따라 할 자신은 있습니다. 지금 당장 술기 읊어 보라고 하시면……."

"그게 그냥 따라 한다고 되는 게 아닙니다. 비키세요!"

"교수님이 옆에서 봐주시면 되지 않습니까? 절 믿어 주십시오. 정아, 반드시 살려 내겠습니다."

"……."

김윤찬의 강렬한 눈빛에 조금은 마음이 움직이는지 이기석 교수가 멈칫거렸다.

"이기석 교수! 나도 김윤찬 선생이랑 같은 생각이야. 환자를 생각하는 자네 맘은 잘 알겠지만, 지금 상태로는 무리야. 우리, 김윤찬 선생한테 한번 맡겨 보자. 윤찬 선생 말대로 이 교수가 옆에서 봐주면 되잖아?"

그사이 마철준 교수의 걸걸한 목소리가 두 사람의 대화에 끼어들었다.

"교수님까지 왜 이러십니까?"

"내가 괜히 그러는 게 아니야. 믿을 만하니까 시켜 보자는 거지."

"뭐가 믿을 만하다는 겁니까?"

"이상종 교수가 보증하는 애야, 저 김윤찬이는."

"네?"

"내가 이 병원에서 일한 지 20년이 다 되어 가는데, 정선 분원장인 이상종 교수가 자기 메스를 넘겨줬던 인간은 저 인간뿐이야. 이상종 교수가 보증한다면, 그걸로 된 거야. 더 이상 말할 필요가 없어."

"아무리 그래도……."

"게다가 이 교수도 저놈 사고 친 거 몇 번 봤잖아! 우리 한번 믿어 보자, 저 또라이 같은 새끼!"

"……하아, 다들 왜 이러는 겁니까?"

"교수님, 저도 김윤찬 선생 믿어요. 교수님만큼은 아니지만 잘 해낼 거예요. 한번 믿고 맡겨 보시죠."

윤숙현 간호사마저 거들고 나섰다.

"김윤찬 선생, 정말 할 수 있겠습니까?"

여러 사람이 김윤찬을 옹호하자 이기석 교수 역시 마냥 뿌리칠 수만은 없었다.

"교수님의 실력, 그대로 베끼는 데는 자신 있습니다."

"……좋습니다. 만에 하나 조금이라도 문제가 생길 시엔 각오하시는 게 좋습니다."

"네! 저도 반드시 정아 살려서 그림 선물 받고 싶거든요. 교수님처럼요."

"네? 그림요?"

"그럼요! 교수님이 그렇게 애지중지하시던 그림. 저 그거 볼 때마다 얼마나 부러웠는데요?"

"흠흠, 애지중지하긴 누가 그걸 애지중지합니까?"

"저 다 압니다. 혹시라도 닳을까 봐 코팅에, 액자도 사신 거요!"

"뭐, 뭐라고요?"

"어휴, 겉으로만 그렇게 까칠하시지, 교수님 완전 츤데레시던데요? 퇴근하실 때마다 남몰래 정아 병실 들여다보고 가신 거 제가 모를 줄 압니까?"

"저, 정말?? 천하의 냉혈한 이 교수가 그런 손발 녹아들어 가는 짓을 했다고?"

김윤찬의 말에 마철준 교수가 깜짝 놀라 말을 더듬었다.

"아아! 됐고요. 아무튼, 김윤찬 선생, 당신 제대로 못 하면 그 의사 가운 내가 벗겨 버릴 거니까, 감당할 수 있으면 하시고, 괜한 객기 부리는 거면 지금이라도 포기하세요."

"가운 그까짓 것 다시 사면 됩니다."

"뭐, 뭐라고요?"

"하하하, 하여간 저 인간 물건이야, 물건!"

마철준 교수가 검지를 흔들며 너털거렸다.

"지금 장난칠 상황입니까?"

"죄송합니다. 다들 긴장하고 계신 것 같아서 주위를 좀 환기하려고 무리수를 뒀습니다. 죄송합니다."

"흠흠, 다시 묻겠습니다. 정말 자신 있습니까?"

"네, 교수님께서 옆에서 지시만 해 주신다면 자신 있습니다."

"……좋습니다. 그러면 한번 해 봅시다."

그제야 이기석 교수가 고개를 끄덕이며 김윤찬의 집도를 허락했다.

"네. 감사합니다, 교수님!"

"하여간, 김윤찬 저 인간은 별난 놈이야. 나 같으면 지금 이 상황에선 절대 못 나서지, 암!"

"그러게요. 제가 본 펠로우 중에 가장 무모한 것 같아요. 하지만 마 교수님, 김윤찬 선생 보면, 왠지 잘 해낼 것 같지 않나요?"

"그래그래. 그래서 내가 나선 거 아닌가? 저 인간 보면, 불가능도 가능하게 만들 것 같은 묘한 느낌을 받는다니까? 참 이상하지?"

마철준 교수가 김윤찬을 보며 고개를 갸웃거렸다.

이윽고 재개된 수술.

"윤정현 선생! 어시스트 좀 해 줘요."

"네, 선생님."

마침내 시작된 김윤찬의 집도.

모든 사람의 우려의 시선이 경외의 시선으로 바뀌는 데까지는 그리 오랜 시간이 걸리지 않았다.

"저 인간, 이기석 교수의 술기를 다 외운 거야?"

"호호, 그러네요! 문합하는 방식이 이 교수님을 빼다 박았네요."

그렇게 김윤찬의 집도하에 정아의 우폐 이식수술이 시작되었다.

잠시 후.

"윤정현 선생, 앵글드 아트리얼 클램프(각형 심방겸자) 잡아!"

"네, 선생님."

"똑바로 잘 봐. 클램프 건드렸다가는 수술방 피바다 된다는 거 명심해."

이기석 교수와 동일한 방식이었다.

클램프로 좌심방 일부를 잡은 다음, 공여자의 폐를 심장에 연결하면 끝.

"윤 간호사님, 봉합사……."

"4-0 프롤린 드리면 되죠?"

"네네, 감사합니다."

"서두르지 마시고 천천히 하셔도 돼요."

"지금 최대한 천천히 하고 있는걸요."

헐, 윤숙현 간호사가 내뱉을 수 있는 말이라고는 외마디 감탄사가 전부일 뿐이었다.

윤숙현 간호사가 바늘에 봉합사를 끼워 넘겨주자, 김윤찬이 엔드 투 엔드 어내스토머시스(단단문합)를 실시하기 시작했다.

김윤찬의 거침없는 손끝.

손끝 마디마디가 따로 놀듯 경쾌하고 부드러웠다.

유난히 긴 김윤찬의 손가락은 피아노 건반 위에서 춤을 추는 피아니스트의 손가락과 같았다.

최고의 피아니스트가 음정 하나하나를 놓치지 않듯, 김윤찬 선생의 손끝을 타고 흐르는 봉합사의 한 땀, 한 땀은 마치 자로 잰 듯이 정확했고 그 간격 또한 일정했다.

"뭐, 내가 보기엔 이 교수 없어도 크게 문제없을 것 같은데?"

"아, 네."

이기석 교수가 끼어들 틈이 없었다. 기관지 문합부터 폐정맥에 이은 폐동맥 문합까지. 김윤찬의 말대로 그가 자신의 술기를 거의 100% 재현하고 있었으니까.

천하의 이기석 교수도 당황하기는 마찬가지. 이기석 교수는 당황한 기색을 감출 수 없었다.

"허허허, 이건 뭐⋯⋯. 이 교수! 이만 나가서 팔꿈치 치료나 하지? 그거 그냥 놔두면 팔 휘거든."

"⋯⋯아, 네. 조금만 더 지켜보겠습니다."

"뭐, 그러시든가. 윤찬 쌤! 정아, 호흡, 맥박, 체온 다 정상이야. 맘 놓고 실력 발휘해 보라고!"

마철준 교수가 김윤찬을 향해 두 주먹을 불끈 쥐어 보였다.

"네, 감사합니다."

"캬하! 이거 나 혼자 보기엔 너무 아까운 그림인데?"

마철준 교수가 커튼 너머를 힐끗거리며 김윤찬의 문합 모습을 보고는 감탄사를 연발했다.

그렇게 김윤찬이 집도의 자리에 선 지 3시간여. 마침내 정아의 오른쪽 폐 이식도 완벽하게 끝이 났다.

이제 폐의 팽창을 유지하면서 클램프로 묶어 놨던 좌심방 봉합 부위를 개방해 그 안에 쌓인 공기를 빼내기만 하면 모든 수술은 끝나는 상황이었다.

"다 끝났습니다!"

좌심방 혈관에 가득 차 있던 공기가 제거되면서 정아의 양측 폐 이식은 성공적으로 끝이 났다.

와! 와!

"나이스! 김윤찬!"

"윤찬 쌤, 고생했어요!"

그러자 수술방에 모여 있던 수술진의 입에서 환호성이 터져 나왔다.

"하아, 교수님, 저 잘한 것 같습니까?"

"후후, 네, 그런 것 같군요."

"감사합니다, 교수님!"

그 누구보다 이기석 교수를 동경했던 김윤찬.

따라서 이기석 교수의 칭찬은 김윤찬에겐 그 누구의 칭찬보다 값진 것이었으리라.

"그나저나, 정말 그 짧은 시간에 제 술기를 다 외운 거예요? 봉합사 검지 끝마디에 걸치는 거랑 실 감아 매듭짓는 게 저랑 완전 똑같네요? 이건 평소 제 습관인데?"

'당연하죠. 회귀 전에 이기석 교수 수술 동영상을 수백 수천 번도 더 보고 맨날 따라 했으니까요. 혈관 문합에 관한 한 이기석 교수의 실력을 누가 따라가겠습니까? 당신이 세계

최고였습니다. 저에겐!'

"네네, 그럼요. 그래서 제가 말씀드렸잖아요. 인간 복사기라고요!"

"후우, 아무튼 고생하셔……."

아악, 갑자기 비명을 토해 내는 이기석 교수. 긴장이 풀렸는지 팔꿈치 통증이 심해진 모양이었다.

"교수님, 얼른 정형외과부터 가시죠? 마무리는 제가 하겠습니다."

"그래요, 고마워요."

'고맙다?'

"네, 저도 고맙습니다, 교수님!"

왜 이기석 교수가 고맙다는 말을 했고, 김윤찬이 왜 또 그에게 고맙다고 화답했는지는 평온하게 누워 있는 정아의 해맑은 얼굴을 보면 알 수 있을 것이다.

아무튼, 대단히 성공적인 수술.

이로써 정아는 새로운 삶을 얻을 수 있을 것이다.

일주일 후, 한 중년의 여자가 오른손에 과일 바구니를 든 채, 흉부외과 의국을 찾아왔다.

"어떻게 오셨습니까?"

주변을 두리번거리는 그녀. 누군가를 찾는 듯했다.

"선생님, 혹시 이곳에 이기석 교수님이라고 계십니까?"

나를 보더니 그녀가 조심스럽게 물었다.

"네, 저희 과 교수님이시긴 한데, 무슨 일이십니까?"

"아, 그렇군요! 제대로 찾아왔군요! 제가 교수님을 만나뵐 수 있을까요?"

"환자십니까? 환자시면 외래 접수를 하셔야……."

"아, 아뇨, 전 환자는 아니고요. 꼭 교수님을 뵙고 싶어서요!"

"아, 보호자시군요?"

"아, 아닙니다. 보호자는 아니고, 꼭 좀 교수님을 뵈었으면 해서요."

"아, 네. 지금 교수님이 개인 사정으로 인해 자리에 안 계신데, 혹시 전하실 말씀 있으면 저한테 해 주세요. 제가 전달해 드리겠습니다."

흉부외과 특성상, 간혹 유명을 달리하신 환자 보호자가 찾아와 난동을 부리는 케이스가 있기에 주의를 기울여야 했다.

"개인 사정이라면……. 혹시, 교수님 몸이 불편하신 겁니까?"

뭐지, 이 아주머니?

"그게……."

"역시 몸이 안 좋으신 거군요? 맞죠?"

"네?"

"당연히 몸이 안 좋으셨겠죠. 그때 뵈었을 때도 팔이 엄청 아프셨던 것으로 기억하거든요."

뭐야? 이 아주머니가 이기석 교수 팔 다친 걸 알고 있다는 건가?

"네, 교수님이 팔을 좀 다치셔서 지금 치료 중이십니다. 그나저나 아주머니가 그걸 어떻게?"

"네, 역시 그럴 줄 알았습니다! 일을 어쩌나……."

여자가 안타까운 듯 발을 동동 굴렀다.

"아주머님, 뭐 아시는 게 있으신 건가요?"

"어휴, 그게……."

아주머니가 심각한 표정으로 뜻밖의 사연을 털어놓기 시작했다.

잠시 후.

"그러니까 아주머니 남편 되시는 분의 트럭과 이기석 교수님의 차가 접촉 사고가 있었고, 남편분이 크게 다치셔서 저희 교수님이 남편분에게 심폐소생술을 해 주셨다는 겁니까?"

아주머니의 말이 맞다면 모든 의문이 한꺼번에 풀리는 상황이었다.

"네네. 우리 남편이 졸음운전을 하다 그분의 차를 뒤에서 받았거든요 간신히 정면충돌은 피하긴 했지만, 그분도 많이 다치셨을 거예요."

흐음, 아주머니가 안타까운 듯 고개를 내저었다.

맞네, 이기석 교수가 교통사고를 당했던 거군.

"……그런 일이 있었군요."

"네, 그 당시에 우리 남편이 의식이 없었는데, 이기석 교수님이 응급조치도 해 주시고 119 구급차가 올 때까지 저희 남편을 보살펴 주셨습니다. 자기 몸도 성치 않은데. 게다가 전, 다리를 좀 다쳐서 아무것도 할 수 없는 상황이었죠."

그러고 보니 아주머니가 다리를 좀 절룩거리는 것 같았다.

"아, 네. 아주머니는 괜찮으신 겁니까?"

"네네. 전 암시랑도 안 해요. 다만, 그땐 저도 경황이 없어서……. 정신을 차려 보니 교수님이 안 계시더라고요. 인사도 제대로 못 드려 이렇게 오늘에야 찾아왔습니다. 생명의 은인이신데, 이제야 코빼기를 내비쳐서 염치가 없습니다."

"그러셨군요. 그나저나 교수님이 우리 병원에 근무하신다는 건 어떻게 알았습니까?"

"네, 구급대원이 알려 주더라고요. 연희병원 의사 선생님이시라고. 그것도 처음엔 알려 주지 않아서 조르고 졸라 겨우 알아냈어요."

"그렇군요."

"아이고, 그 의사 선생님 아니었으면, 우리 남편 죽었을지도 몰라요. 저희한테는 정말, 생명의 은인이십니다! 저, 꼭! 이기석 교수님 만나 봬어야 합니다. 꼭이요! 선생님, 부탁 좀 드려요, 네?"

아주머니가 애원하듯 내 팔을 붙잡았다.

역시 교통사고가 있으셨던 겁니까?

팔 부상에 심정지 환자 심폐소생술까지.

그런 일을 겪고도 바로 정아 폐 이식수술에 뛰어드시다뇨.

저 같으면 엄두도 못 냈을 겁니다. 이게 인간으로서 가능한 겁니까?

난, 한참 동안 멍하니 서 있을 수밖에 없었다.

고함 교수 연구실.

"하하하하."

연구실이 떠내려갈 듯한 고함 교수의 웃음소리였다.

"그러니까, 이기석 교수가 그 팔로 수술을 했던 거라고?"

"네, 그러셨던 것 같습니다."

"와, 미쳤네!"

고함 교수가 어이없다는 듯이 혀를 내둘렀다.

"네. 팔을 들기도 힘드셨을 텐데, 4시간 동안 폐 이식수술을 집도하신 겁니다."

"쓰읍, 이상해. 꼭, 우리 과에 오면 멀쩡한 사람도 하나같이 다들 미친놈이 되는 것 같아. 도대체 누가 그 샌님을 또라

이로 만든 거냐?"

"헐, 진정 몰라서 하시는 말씀입니까?"

"나라고?"

고함 교수가 어이없다는 듯이 자신을 가리켰다.

"그럼 아닙니까?"

"나, 아니야. 난 절대 그런 무식한 짓은 안 해!"

"교수님께서 그런 말을 하실 자격이 있으십니까?"

"내가 뭘?"

"벌써 잊으셨어요? 은지 수술할 때요."

"그게 뭐?"

"그때 한민우 교수님하고 같이 깜빵에 들어가자고 협박하
셨잖아요! 뭐라셨더라? 조폭 두목쯤 되려면 별 몇 개는 다셔
야 한다고요. 그게 말입니까?"

"그거랑 이거랑 같아?"

"하아, 교수님! 근무지 이탈하셔서 지안이 수술하신 건 또
어떻고요?"

"그거랑은 달라!"

"아뇨, 1도 안 달라요. 아무튼 교수님이랑 같이 있으면 다
들 전염되는 것 같아요. 쩝."

"하하하, 다 무너져 가는 탄광 속으로 기어들어 가는 너나
팔 병신 됐는데도 꾸역꾸역 수술방 들어와 메스 잡는 인간이
나 도긴개긴이긴 하지."

"그러게요. 꼬여도 단단히 꼬였습니다."

"왜, 억울해?"

후후후, 아뇨. 억울할 리가 있겠습니까? 사람 살리는 데 미친 거라면 백 번, 천 번 미쳐도 나쁠 건 없지요.

"네네, 억울합니다."

"그럼 팔 한쪽 내놓고 딴 과로 가든가. 시퍼런 칼도 안 잡아, 피 칠갑 안 해도 돼, 허구한 날 응급실 들락날락하지도 않고 얼마나 좋아? 가슴팍에 청진기 하나 꽂고 거들먹거리면서 돌아댕기면 폼도 나고, 안 그래?"

"제가 무슨 돌아온 외팔이입니까? 됐거든요! 차라리 그냥 미친놈 소리 듣는 게 낫죠."

"흐흐흐, 그러냐?"

당신과 함께라면 제대로 미쳐 볼랍니다.

"네네, 안 그래도 안팎에서 미친놈 소리 듣고 있습니다."

"그래그래, 산수를 배웠으면 분수를 알고, 국어를 배웠으면 주제를 알아야지. 남들이 뭐라고 하든 우린 그냥 미친놈 하자. 무슨 부귀영화를 누리겠다고 이것저것 가리냐?"

"네에, 네."

"그래, 잘 생각했다. 어차피 피할 수 없으면 즐기라고 하더라. 그나저나 이기석 교수, 수술은 잘됐다고?"

"네, 다행히 복합 골절은 아닌 것 같더라고요."

"그래, 다행이네. 자양 강장제 몇 병 사 가지고 병문안이

나 가 봐야겠네."

"오늘 오전에 이미 퇴원하셨거든요."

"켁, 벌써?"

"네네. 환자 봐야 한다고 깁스하신 채로 진료실 들어가셨습니다."

"아이고야, 우리랑 몇 년 굴러먹더니 그 인간도 이제 서서히 미쳐 가는구나, 미쳐 가!"

고함 교수가 손가락을 빙빙 돌려 댔다.

"그래도 전, 이기석 교수님을 존경합니다. 극한의 상황에서도 완벽하게 좌폐 이식을 집도하셨어요."

"그래, 정말 경이로운 일이야. 많이 배워 둬라. 솔직히 실력 면에선 나도 이기석 교수 발가락도 못 핥아. 거기에 그 정도 정신력이라면 대한민국, 아니 전 세계에서도 이기석 교수 따라올 칼잡이는 드물지!"

"네, 저도 동감합니다."

그렇게 흉부외과 사람들은 다들 미친 인간들이 되어 가고 있었다.

사람 살리는 미친놈!

♥

흉부외과 중환자실.

흉부외과 중환자실에 입원한 환자들은 다른 환자들과는 차원이 달랐다.

마음의 준비도 없는 상황에서 갑자기 닥친 생명의 위협. 이미 생과 사를 오락가락했던 사람들이라 그 누구보다 괴팍하고 날카로웠다.

"사나이로 태어나서! 할 일도 많다만……."

며칠 전에 심근경색으로 관상동맥 우회술을 받은 장씨 할아버지도 그중 하나였다.

"지금 빨갱이가 쳐들어오고 있는데, 다들 뭐 하는 거야?"

"할아버지! 무슨 빨갱이요?"

"너, 모르는 겨? 김일성이 삼팔선 넘어서 쳐내려왔잖여! 빨리 부대에 복귀해야 하는데, 나를 이렇게 묶어 놓으면 어쩌겠다는 거야? 이거 당장 안 풀어놓을 겨?"

"할아버지, 지금은 빨갱이 없어요. 김일성도 죽은 지 오래됐습니다. 제발 정신 좀 차리세요."

"김일성이 죽어?"

"네네, 김일성 죽고 얼마 전엔 김정일도 죽었어요!"

"뭐, 뭐라고? 그럼 넌 누구여?"

"저, 이택진입니다."

"네가 나 이렇게 묶어 놨는 감? 너, 형사여?"

"형사 아니고, 의사예요! 할아버지가 자꾸 자해를 하시려고 하니까 이렇게 묶어 놓은 거고요."

"의사여?"

"네네, 저 의사예요."

"아, 그려……. 근데 김일성은 언제 죽은 겨? 그 아들놈이 그런 겨?"

"……."

심장 이상으로 응급실에 실려 온 환자의 경우, 의식이 없는 채로 들어와 곧바로 수술을 받는 케이스가 많다.

그렇다 보니, 수술을 받고 깨어나면 장씨 할아버지처럼 심한 섬망 현상을 경험하기도 한다.

하지만 이런 섬망 현상이 꼭 위험한 건 아니다.

섬망 현상을 보인다는 건, 그만큼 몸이 정상으로 돌아가려는 자연적인 반응을 하고 있단 뜻이니까.

"와, 진짜 장씨 할아버지 힘이 보통이 아니야. 저 가죽 벨트 다 뜯어낼 기세라니깐? 저러다 영영 제정신 안 돌아오시는 거 아냐?"

장씨 할아버지와의 실랑이가 지쳤는지 택진이는 기진맥진했다.

"섬망 현상이 오면 다들 그러시잖아? 뇌파 검사상 특이 사항 없으니까 곧 정신 돌아오실 거야."

"그래야 할 텐데, 걱정이네."

"너무 심각하게 생각할 것 없어. 며칠 전에 박복자 할머님은 우리가 주사에 독약 탄다고 경찰에 신고한다고 난리도 아니었잖아?”

“그래, 맞아. 진짜 경찰이 출동했었지.”

“그래, 그랬잖아. 근데 복자 할머니, 지금은 어때? 세상 그렇게 온화하고 자상하신 할머니 봤어?”

“그렇긴 하지.”

“맞아, 오히려 섬망 현상이 없으신 분이 더 위험해. 이제 몸이 정상으로 돌아가려고 예열하는 거라고 생각하면 편할 거야.”

“새끼! 하여간 내가 너랑 얘기만 하면 기분이 이상해져.”

“뭐가?”

“말하는 본새를 보면, 최소한 20년 차 교수님 말투잖아? 기분이 졸라 찜찜하거든! 너 혹시 소설이나 드라마 같은 데 서 나오는 것처럼 회귀, 빙의? 뭐 이런 거 한 거 아니냐?”

이택진이 제법 진지한 표정으로 날 노려봤다.

“됐거든!!”

“아냐, 아냐. 아무리 생각해 봐도 내 머리로는 도저히 이해 가 안 돼. 지난주에 이기석 교수 대신, 우폐 이식한 것만 봐도 그래. 그게 어디 펠로우 2년 차한테 가당키나 한 수술이냐?”

“궁하면 통한다고 했어. 그냥 운이 좋았던 거야.”

“미친놈아, 운으로 되는 게 있고 안 되는 게 있지. 너, 솔 직히 말해 봐. 회귀 뭐, 이런 거 한 거지? 그러면 로또 번호, 주식 이런 거 다 알겠다?? 맞지?”

"하아, 너야말로 섬망 현상을 겪고 있는 것 같다. 진정제라도 한 대 놔 주랴?"

"아닌데? 분명, 뭔가 있는 게 틀림없어. 아니면, 내 친구 김윤찬의 거죽을 쓴 외계인이거나! 이리 와 봐. 네놈 가죽 좀 벗겨서 정체를 좀 확인하게."

"꺼져! 미친놈아!"

"이리 와 보라니깐? 사람의 탈을 쓴 파충류일지 어떻게 알아?"

그렇게 택진이가 내 얼굴을 잡아 뜯으려 할 때였다.

－지금 원내에 흉부외과 선생님 계시면 바로 1층 응급실로 와 주십시오. 다시 한번 말씀드립니다. 지금 원내에…….

단 하루도 그냥 넘어가는 날이 없었다.

언제나 그랬듯이 응급실에 초위급한 환자가 실려 들어오고 말았다.

선무당이 사람 잡을 뻔

"택진아, 가자!"

"가긴 어딜 가, 인마?"

"방금 응급 뜬 거 안 들려? 어딜 가긴, 응급실이지."

"가긴 어딜 가? 넌, 정아한테 가 봐야지. 튜브 봐야 할 시간이야."

이택진이 검지를 좌우로 흔들어 댔다.

폐 이식수술을 마친 정아는 감염을 예방하기 위해 격리병실에 있었다.

상태가 호전되어 호흡기내과 병동으로 옮길 때까지는 각별한 주의가 필요했다.

특히, 폐 이식의 경우 거부반응을 육안으로 캐치하는 것이 쉽지 않기 때문에 튜브(기관지경)를 삽입해 직접 기관지를 살펴보고, 정기적으로 폐 검체 검사를 해야 했다.

오늘이 바로 그날이었다.

"아, 맞다! 그러네?"

"하여간, 헛똑똑이 같은 놈! 네가 무슨 코난이냐? 무슨 일만 생기면 다 네 일 같지?"

"그러게. 이것도 직업병이네, 직업병!"

"됐고. 응급실은 내가 내려갈 테니까, 넌 얼른 정아한테나 가 보셔."

"그래, 알았다. 무슨 일 있으면 콜하고."

"아, 새끼, 진짜! 흉부외과에 너 말고도 의사 많거든! 환자 볼 사람 지천에 깔렸으니까, 오지랖 그만 부리고 얼른 가 보기나 하셔."

이택진이 어이없다는 듯이 손을 내저었다.

"그래, 알았다. 정아 보고 나도 바로 내려갈게."

"됐다고! 가서 정아나 잘 체크하라고."

잠시 후, 정아 병실.

"정아야, 아프면 아프다고 해. 손가락 까딱거리면 돼."

"……."

수술 전과 수술 후의 정아의 차이는 녀석의 얼굴에 드러나 있었다.

그 힘든 전폐 이식도 견뎌 낸 정아가 뭔들 못 참아 내겠는 가? 녀석의 표정은 더할 나위 없이 편안해 보였다.

기관지경, 즉 관찰 튜브.

부드러운 관 끝에 카메라가 달려 있어 기관지 및 폐의 상 태를 확인해 볼 수 있는 기관지경.

물론 아무리 신축성이 좋다 하더라고 목구멍 속으로 긴 관 이 들어간다는 건, 환자 입장에선 꽤 곤혹스러운 일이었다.

하지만 정아는 워낙 경험(?)이 많아서인지 세상 평온한 표 정을 짓고 있었다.

"다 됐다. 우리 정아 컨디션 좋은데?"

폐 이식의 경우 기관지 연결 부위는 예후가 좋지 않은 편 이다.

특히 일종의 치료 후 생긴 흉터라고 할 수 있는 암갈색의 반흔 조직(cicatricial tissue)이 두꺼워져 솟아오름으로써 기도를 좁히는데, 이게 심할 경우 인위적으로 튜브를 삽입해 기도를 확장시켜야 하지만, 정아의 경우는 크게 문제 될 정도는 아 니었다.

폐 이식 수술 후, 기관지가 좁아져 때론 인위적으로 스탠 트를 삽입해 좁아진 기관지를 넓혀 줘야 했는데, 정아의 기 관지 상태는 더할 나위 없이 좋았다.

정아에게 새로운 폐를 선물해 준 공여자가 생체적으로 정 아와 아주 비슷했기 때문이리라.

너무나도 착한 정아를 위해 하늘에서 선물을 내려 주신 것. 정말, 정말 다행이었다.

"네, 선생님, 이제 숨도 편하게 쉬어져요."

확실히 밝아진 녀석의 표정이었다.

"어, 다행이야. 공여자의 폐가 너랑 잘 맞아서 그런 것 같아."

"네에, 누군지 모르지만 항상 감사하게 생각하고 있어요."

"당연히 그래야지. 넌 두 사람의 몫을 사는 거야. 그러니까 넌 더 건강하고, 더 행복하게 살아야 할 의무가 있어."

"네, 선생님 말씀 명심할게요."

"그래, 항상 감사하는 마음으로 하루하루를 살아 주길 바라."

"네, 그럴게요."

"좋아! 일단 오늘 검사 결과가 좋으면, 다음 주쯤엔 일반 병실로 옮길 수도 있을 것 같아!"

"정말요? 그러면 밖에 나가도 돼요?"

일반 병실로 옮길 수 있다는 말에 녀석의 눈이 반짝거렸다.

"그럼, 당연하지. 그러려고 수술한 거니까. 이제부터 맑은 공기도 맘껏 마실 수 있어."

"야호! 신난다!"

"그렇게 좋니? 다만, 요즘 워낙 공기가 안 좋아서 조심하긴 해야 해."

"네, 너무나도 소중한 폐니까요."

"그럼! 당연하지."

"선생님! 저, 엄마랑 손잡고 산책하는 게 꿈이었거든요."

지금까지 정아의 행동반경은 녀석의 코밑에 달려 있는 콧줄의 길이가 고작이었다.

대략 3~4미터 정도의 튜브가 닿을 수 있는 거리만이 이 아이가 누릴 수 있는 세상이었다.

"그래, 조금만 더 고생하자. 그러면 엄마랑 산책도 하고, 시장도 가고, 영화도 보러 갈 수 있을 거야. 물론, 나중엔 무대 위에서 멋지게 노래할 수도 있을 거고."

"하아, 선생님, 저 한 번만 꼬집어 주실래요? 아무리 생각해 봐도 실감이 안 나요!"

정아가 상기된 표정으로 눈을 반짝였다.

"됐거든! 너 꼬집었다간 이기석 교수님한테 무슨 경을 치려고? 꿈 아니니까, 맘껏 상상하고 즐겨도 돼!"

"네, 선생님! 저, 일반 병실로 옮기면 유나 언니도 온다고 했어요!"

"어? 정말?"

"네네. 그동안 목 관리 잘하라고 그랬거든요. 유나 언니가 앞으로 제 멘토가 되어 주신다고 했어요!"

이제야 비로소 꿈을 꿀 수 있게 된 녀석이었다.

"그렇구나. 잘됐네! 유나 씨가 그러던데, 너 정말 노래에 소질 있다고 하더라. 완전 일급수라고 하던데?"

"일급수요?"

"그래, 음색이 너무 맑아서 일급수래. 완전 축복받은 목소리라고 하더라."

"진짜요?"

"그럼, 나중에 유명해지면, 나 모른 척하면 안 된다?"

"그럼요! 선생님은 모든 걸 다 꽁짜로 해 줄게요. 일종의 자유 이용권이죠, 뭐."

"정말? 영광인데."

"자요. 그런 의미에서 자유 이용권!"

그 순간, 정아가 침대 밑에서 무언가를 꺼내 들었다.

"어?? 정말 이게 나야?"

정아가 그려 준 내 캐리커처였다. 옆모습, 앞모습 그리고 이 방에서 나갈 때마다 보여 준 뒷모습까지.

나를 닮은 수십 장의 그림이 스케치북에 가득 채워져 있다.

"맘에 드세요?"

"당빠로 맘에 들지! 나 이런 선물 처음 받아 봐. 진짜 나랑 비슷하네?"

"선생님이 맘에 든다니 다행이에요. 이게 자유 이용권이에요. 이것만 가지고 계시면, 팬 사인회, 콘서트 전부 공짜예요! 뭐, 제가 김칫국부터 마시긴 하는 것 같지만."

헤헤헤, 정아가 해맑게 웃었다.

"아이쿠, 이거 나중에 큰돈 될 수도 있겠는데? 금고 하나 사서, 진짜 보관 잘해야겠다!"

"네, 선생님이랑 이기석 교수님은 평생 공짜예요!"

"후후후, 이기석 교수님도? 좀 샘이 나는데?"

"그럼요. 제 생명의 은인이시니까요. 저한테는 선생님이랑 이기석 교수님랑 똑같이 소중해요!"

"그렇게 너한테 쌀쌀맞게 하셨는데도? 맨날 너 혼내고 야단치시기만 했잖아."

"헤헤헤, 아니에요. 그건 선생님이 잘 몰라서 하시는 말씀! 이기석 교수님이 얼마나 귀여우신데요?"

정아가 아니라는 듯이 양손을 내저었다.

"귀여워? 그 냥반이??"

그럴 리가?

난, 정아로부터 이기석 교수가 귀엽다는 어처구니없는 소리를 들었다.

"네, 저거요, 저거! 저기 테이블 위를 보세요."

녀석이 턱짓으로 테이블을 가리켰다.

"저거 뭐? 종이? 볼펜?"

테이블 위에 예쁜 종이 한 장과 사인펜이 놓여 있었다.

"네에, 그 종이랑 볼펜요. 거기 메모도 있으니까 한번 읽어 보세요."

녀석이 빙그레 웃었다.

정아야, 여기에 사인 좀 해 줄래? 이왕이면 내 이름도 좀 적어
주면 좋고.

"서, 설마, 이걸 이기석 교수님이 놓고 간 거라고?"
"……."
정아가 빙그레 웃으며 고개를 끄덕였다.
어처구니없네. 이기석 교수가 이런 깜찍한 짓을 했다고??
고함 교수님의 말씀대로 이기석 교수가 제대로 미쳐 가는
듯했다.
근데, 마음 한구석에서 느껴지는 이 훈훈함은 뭐지?

흉부외과 의국.
잠시 후, 정아의 진료를 마친 김윤찬이 흉부외과 의국으로
내려왔다.
"왔냐?"
의국에 도착해 보니 응급실에 내려갔었던 이택진이 와 있
었다.
"환자는?"

"무슨 환자?"

"좀 전에 호출했었잖아!"

"아, 그 환자? 퇴원했지."

"뭐라고? 벌써 퇴원했다고?"

"응, 별거 아니야. AGE(급성 위장관염)이더라고. 진통제 놔주고 소화제 처방해서 퇴원시켰어."

급성 위장관염이란 위와 장 모두에 염증이 생긴 병으로, 일반적으로 바이러스 감염이 대부분이었다.

"그래? 증세가 어땠는데?"

"뭐, 일반적이었어. 심한 구토에 가슴 통증을 호소하더라고."

"가슴 통증?? 흉통으로 응급실을 찾을 정도면 통증이 많이 심했다는 건데?"

"에이, 그렇게 예민할 필요 있냐? 솔직히 응급실 찾아오는 90% 이상의 환자가 별거 아니라는 건 너도 잘 알잖아?"

"그래서? 별거 아니라서 아무 검사도 안 하고 환자를 퇴원시켰다고? 초기 다이섹(대동맥 박리)하고, AGE(급성위장관염)의 증세가 유사하다는 거 몰라? 초기 다이섹은 거의 특징적인 증세가 없어. 그중 가장 유사한 증세가 AGE라고!"

"야, 너 너무 나가는 거 아니냐? 진정제 투여하니까 금세 통증 가라앉던데? 그리고 바로 퇴원하겠다고 해서 보내 준 거야. 다이섹 환자가 멀쩡하게 두 발로 걸어 나가는 거 봤냐?"

"그래서? 검사했냐, 안 했냐?"

"그거야 당연히 나기만 교수가 했지. 엑스레이, 피검사, 심전도 다 했어. 아무 이상 없었거든!"

"나기만 교수가 진료했다고?"

"그래, 인마. 나기만 교수가 아무리 지랄맞아도 다이섹하고 AGE를 구별 못 할까? 수치 다 정상으로 나왔다니까?"

"CT 찍었어?"

"인마, 검사 결과 다 멀쩡한데 CT를 왜 찍어? 가뜩이나 과잉 진료다 뭐다 말이 많은데. 아무 이상 없으면 괜히 돈만 버렸다고 소보원이다, 국민건강보험공단이다 고발을 하네 마네 하면 장난 아니게 귀찮아진다고!"

"고발이 무서워서 흉통 환자를 CT도 안 찍어 봤다고?"

"하아, 말귀를 못 알아먹는 거냐, 눈치가 없는 거냐? 나기만 교수가 진료했다고 했지? 근데, 내가 옆에서 CT 찍어라 마라 지시해? 어?"

"……."

"가뜩이나 한상훈 과장 빽 믿고 거들먹거리는 양반한테."

"어이없군. 그래서 엑스레이 결과는 어떻게 나왔는데?"

"그것도 아무 문제 없거든! 경도 심비대 말고는 아무것도 없다! 너도 알다시피 경도 심비대야 의학적으로 큰 문제 없잖아?"

"너, 사진 봤어?"

"어?"

"나기만 교수나 너나 환자 엑스레이 사진 봤냐고?"

"진단방사선과에서 알아서 제대로 판독했겠지. 그러니까 이렇게 코멘트 준 거 아니냐?"

택진이가 대충 얼버무리려 했다.

"그러니까 너나, 나기만 교수나 사진 판독 안 했다는 거네?"

"……그게. 야 씨, 그게 뭐. 똥인지 된장인지 찍어 먹어 봐야 아냐고!"

"똑바로 말해! 너, 엑스레이 사진 봤어, 안 봤어?"

"아씨, 그래! 안 봤다고."

"나기만 교수는?"

"그 인간도 안 봤을걸."

"내가 그럴 줄 알았어. 지금 당장 그 환자 엑스레이 사진 열어 봐!"

"야, 꼭 이래야겠냐? 이미 환자는 퇴원했고, 벌써 1시간 가까이나 지났어! 뭔가 이상이 있으면……."

"심장 질환은 이상이 생기는 순간 끝장인 거 몰라? 당장 화면 띄워 보라고!"

"아, 알았어, 새꺄."

김윤찬이 큰소리를 치고 나서야 이택진이 마지못해 모니터를 켜고 화면을 열었다.

"봐라 봐, 깨끗하기만 하구먼."

이택진이 손가락을 들어 화면을 가리켰다.

하지만 이택진이 대수롭지 않게 별거 아니라고 했던 환자의 엑스레이 사진.

한눈에 봐도 별거 아닌 게 아니었다.

'이게 경도 심비대라고?'

"이택진 너! 이 사진 똑바로 봐."

김윤찬이 이택진의 옷소매를 잡아끌었다.

"아, 왜?"

"이게 지금 별거 아닌 걸로 보이냐?"

김윤찬이 날카로운 시선을 이택진의 얼굴에 흩뿌렸다.

환자의 엑스레이 사진!

이택진의 말대로 대수롭지 않은 것이 아니었다. 엑스레이 사진 분석 결과 흉곽과 심장의 비가 0.5를 넘게 되면 심비대로 추정할 수 있었다.

"택진아, 거기 자 좀 가지고 와 봐. 저기 책상 서랍에 있을 거야."

"자? 그건 왜?"

"직접 재 봐야 하지 않겠어? 그래, 똥인지 된장인지 구분이 안 된다면 찍어 먹어 보는 것이 맞겠지."

그렇게 해서 재 본 흉곽 대 심장의 비는 0.5를 넘어 0.561
이 나왔다.

"심비대 정의가 뭐야?"

"그거야 흉곽 대 심장 비가 0.5를 넘어서는 경우지."

"그럼 지금 이 환자 경도 심비대야, 아니면 문제가 있는
거야?"

"0.561 정도니까……. 겨우 기준치에서 0.06 정도 벗어난
건데, 이 정도면 괜찮은 거 아닌가?"

"뭐라고? 이 새끼, 사람 잡을 놈이네! 네가 그러고도 의사
야? 0.561은 괜찮다고? 그러면 0.7 정도 돼야 위급함을 인
식할래?"

"그건 아닌데……. 위급한 건 아니지 않냐는 거지."

"그렇다면 뭐 하러 기준을 만드는 건데? 그렇게 엉터리로
자의적으로 해석하려면?"

"그게 아니라, 아직까지 연락이 없는 걸 보면 괜찮지 않은
가 해서지."

여전히 변명하기에 급급한 이택진이었다.

"너! 진짜 지금까지 헛배웠구나? 지금 네 앞에 서 있는 사
람이 내가 아니라 고함 교수였으면 어땠을까? 너무나도 두
려워서 감히 상상을 못 하겠다, 한심한 놈."

"하아, 지금 이 상황에서 고함 교수님 얘긴 왜 해? 그리고

항상 예외라는 게 있잖아."

"다시 말할 테니까 잘 들어. 분명 매뉴얼에 흉곽 대 심장 비율이 0.5가 넘으면 심비대로 치료를 요한다고 쓰여 있어. 단, 0.001이라도 그 기준을 넘어서면 경도 심비대가 아닌, 심비대라고!"

"그래, 그렇긴 한데……."

그제야 이택진이 내 시선을 외면했다.

"진단의학과도 나기만 교수도 너도 모두 이를 간과했단 사실을 명심하도록 해! 환자 잘못되면 너 역시 그 책임을 면하기 힘들다는 걸 명심하라고."

"설마 무슨 일이 생기겠냐? 괜찮을 거야."

책임이라는 말에 녀석의 목소리가 미세하게 흔들렸다.

"넌, 항상 이런 식이야. 의사한테 설마는 존재하지 않아! 그 설마가 항상 사람을 잡는 법이니까! 지금 당장, 환자한테 전화 걸어!"

"저, 전화를 걸라고? 뭐라고?"

"뭐긴! 당장 병원으로 오라고 해야지. 어쩌면 그 환자 몸 속에 시한폭탄이 들어 있을지도 몰라. 당장 응급실로 오라고 해!"

"야, 그건 좀 곤란해. 이거 나기만 교수가 진료 본 거야. 근데, 내가 그걸 어떻게 하냐고? 나기만 교수 허락도 없이 내 맘대로 했다가 아무렇지 않으면 그 뒷감당을 어떻게 하라고?? 어?"

이택진이 난감한 듯 입술을 잘근거렸다.

"그래서? 못 하겠다는 거야?"

"아니, 못 하는 게 아니라, 네가 너무 과민 반응을 보이는 게 아닌가 싶어서 그러지. 지금까지 아무 일도 없었으면 괜찮은 거 아냐?"

"이택진! 너 진짜 의사 가운 입으면 안 되겠구나? 좋아, 그러면 내가 나기만 교수한테 허락받으면 되지?"

"윤찬아, 그러지 말고 우리 좀 쉽게, 쉽게 가자. 괜히 분란 일으키지 말고."

"쉽게, 쉽게? 그게 흉부외과 써전이 할 소리야? 그러면 고함 교수님한테 가서 말씀드릴까?"

"알았어, 내가 가서 말하면 되잖아. 누가 안 간대?"

"당장! 지금 당장 가서 말해!"

"아, 알았어. 알았다고!"

이택진이 툴툴거리며 밖으로 나갔다.

잠시 후, 나기만 교수실에 다녀온 이택진. 똥 씹어 먹은 표정을 보니 일이 잘 풀리지 않은 모양이었다.

"왜? 표정이 왜 그래?"

"……씨알도 안 먹힌다. 이미 급성 위장관염 진단 내리고 퇴원시킨 환자를 왜 건드리냐고 면박만 주더라."

"위장관염 아니라니까!"

"나도 그렇게 말했지. 근데 귓등으로 듣질 않는 걸 어떡해? 괜히 욕만 한 바가지 얻어먹었어. 괜한 오지랖 피우지 말고 내 할 일이나 제대로 하라는데?"

"미쳤군! 이 인간 완전히 미쳤어."

"그래, 네 말대로 그 인간, 미친개야. 그러니까 괜히 잡으려다 물리지 말고 조용히 있자. 뭐, 잘못되더라도 그 인간이 책임지겠지. 안 그래?"

"책임? 나기만 교수가 환자의 목숨까지 책임질 수 있대? 도대체 무슨 책임을 지겠다는 건데?"

"아아! 몰라, 난 할 만큼 했으니까."

"내가 가 봐야겠어."

"윤찬아! 우리 좀 제발 살자. 너 자꾸 이렇게 들쑤시면 우리도 골치 아파져."

이택진이 내 팔을 잡고 늘어졌다.

"환자 목숨이 달린 일이야."

"네 말이 백번 맞긴 한데……. 그러다 진짜 단순 위장관염이면 어떡하려고 그래? 너, 그 뒷감당 할 수 있어?"

이택진이 답답한 듯 인상을 찌푸렸다.

"단순 위장관염이면 천만다행이지. 문제 될 게 있나?"

"그러니까, 왜 괜히 나서냐고?"

"단 1%가 되더라도 위장관염이 아닐 수도 있으니까. 그리고 우린 의사로서 해야 할 일을 하지 않았으니까."

"꼭 이렇게까지 해야겠냐?"

이택진이 원망 섞인 시선으로 나를 쳐다봤다.

"나기만 교수 말대로 단순 위장관염일 수도 있어. 하지만 조금이라도 의심 가는 부분이 있으면 최소한 확인을 해 봐야 할 것 아냐? 난, 흉부외과 의사니까."

"네 말이 백번 맞긴 한데……. 에라, 모르겠다. 내가 말린다고 말려질 놈도 아니고! 네 맘대로 해."

"걱정 마. 너한테는 전혀 해 가지 않게 할 테니까."

"미친놈! 넌 그래서 재수가 없다는 거야. 내가 질 책임을 왜 네가 져, 새꺄! 그래서 난 뭐 해야 하는 건데?"

"후후, 딱히 할 건 없고 그 환자 검사 준비나 해 줘. 환자 도착하면 바로 CT 찍을 수 있게."

"알았어, 새꺄!"

"그래, 다녀올게."

"야, 나기만한테 내가 그랬다고 했어. 그러니까 괜히 먼저 나서지 마."

"뭘?"

"인마! 환자 차트 정리하다가 좀 이상한 것 같아서 찾아왔다고 했어."

"그래?"

"그래, 인마. 가뜩이나 너라면 이를 가는 인간한테 괜히 먹이 던져 줬다가 무슨 험한 꼴을 당하라고! 그 인간 자기 일, 다른 사람이 간섭하는 거 졸라 싫어하는 거 몰라? 네가 자기 환자 차트 뒤진 거 알면 아마 게거품 물고 덤빌 거다. 그러니까 가서 내가 보여 줬다고 해."

"후후, 고맙다, 친구야."

"됐고. 꼴 보기 싫으니까 빨리 내 눈앞에서 사라져 주라."

이택진이 오만상을 찌푸리며 손을 내저었다.

나기만 교수실.

"교수님, 드릴 말씀이 있습니다."

"어…… 내가 좀 바쁜데?"

"잠시면 됩니다."

"그래요?"

"네."

"무슨 일입니까? 급한 일 아니면 나중에 합시다. 내가 곧 학회에 갈 시간이라서."

나기만 교수가 손목시계를 내려다보며 시간을 재촉했다.

"김성수 환자, CT 촬영을 요청하려고요."

"김성수 환자? 그게 누굽니까? 우리 과에 입원한 환잔가요?"

이택진이 얘기했을 텐데, 모른 척하는 나기만이었다.

"아뇨, 좀 전에 응급실에 내원했던 환자입니다."

"응급실? 아! 그 급성 위장관염 환자?"

나기만이 그제야 고개를 끄덕이며 알은척을 했다.

"네, 제가 차트를 보니까, 어쩌면 급성 위장관염이 아닐 수도 있겠다 싶어서요."

"이택진 선생이 그러던가?"

"아, 네. 이택진 선생이 차트를 정리하다 보니 좀 이상한 것이 있다고 해서, 확인해 보니 진짜 이상한 게 있어서요."

"후후후, 그쪽 친구들은 다 그렇게 오지랖이 넓나? 그 말은 내가 오진을 했을 수도 있다는 뜻 같은데?"

"아뇨, 그런 뜻은 아닙니다. 검사에 부족한 부분이 있으니 추가 검사를 받아 보는 것이 좋겠다는 뜻입니다. 혹시 모르니까요."

"그래서 퇴원해서 잘 지내고 있는 환자를 다시 불러들이자 이건가요? 우리가 뭔가 실수를 했다고 자인하는 꼴이 되겠군요?"

"인정할 부분이 있다면 인정해야 한다고 생각합니다. 실수를 했다면, 그 또한 우리의 책임이니까요."

"난 실수한 게 없는데?"

나기만 교수가 어깨를 으쓱이며 대수롭지 않다는 투로 말했다.

"위장관염이 아닐 수도 있습니다."

"아니, 위장관염 맞아. 내가 100% 장담할 수 있으니까. 난, 위장관염을 위장관염으로 진단했을 뿐이야. 다른 건, 모르겠고."

"네? 그게 무슨 말씀이십니까?"

"김성수 환자가 위장관염을 앓고 있다는 건 팩트라는 거야."

"그러면 이 엑스레이 결과는 어떻게 해석할 수 있을까요? 분명 심비대 기준값을 넘겼는데……."

"그게 무슨 상관이라는 거야. 이 엑스레이 결과 말이야. 김윤찬 선생 육안으로 확인할 수 있어? 정확히 비율이 0.5를 넘겼다고 확인되던가?"

"아뇨, 그렇지는 않습니다만……."

"거봐, 김윤찬 선생도 선뜻 말 못 하잖아? 그러면 위급한 상황에서 자를 들고 하나하나 살펴봐야 했을까? 일일이 측정하지 않고 눈으로 보는 데는 한계가 있어. 즉, 다시 말해 어느 정도의 오차는 관례적으로 허용할 수 있다는 걸 뜻하지."

"……."

"게다가 난, 분명 위장관염을 확인했고, 그 병에 맞는 처방을 했을 뿐이라는 거야. 내가 뭘 잘못했지? 내가 그 환자한테 뭘 잘못했기에 죄송하다고 사과까지 하며 병원으로 데리고 와야 하느냐는 말이야?"

"정황상 대동맥 관련 질병이 의심되니까요. 그러니까 검사를 해 봐야 한다는 겁니다."

"하아, 답답하네요. 그러니까, 윤찬 선생 말은 정황상이라는 거잖아? 몸이 안 좋으면 다시 오겠지. 아니면 다른 병원엘 가든지. 근데, 왜 먼저 나서서 사달을 내느냐는 말이야? 난 잘못한 게 아무것도 없는데?"

"교수님, 그러다가 만에 하나 문제가 생기면 어떻게 하시려고 그럽니까? 괜히 호미로 막을 수 있는 일을 가래로도 막지 못하는 상황으로 만들지 마십시오."

"하아, 이 사람아, 호미로 막을 이유가 없는데, 가래는 왜 필요하나?"

"네?"

"내가 말했지, 육안으로 확인하는 엑스레이 판독 결과는 얼마간의 오차 범위를 인정하는 것이 관례고, 김성수 환자는 분명 급성 위장관염을 앓고 있다고 말이야! 그러니 내가 왜 호미로 뭔가를 막아야 하는 수고를 해야 하지?"

나기만, 이 인간은 미쳤다!

어이없게도 그의 말대로 될 가능성이 컸다.

엑스레이 판독도 그렇고, 실제로 환자가 위장관염을 앓고 있는 것이 사실이라면, 설사 의료 분쟁이 생긴다 해도 빠져나갈 구멍은 충분하다는 뜻이었으리라.

환자의 건강 따위는 이 인간의 머릿속엔 없었다.

환자가 어떻게 되든 말든 말이다.

"……."

"이제 이해 다 되셨으면, 그만 돌아가 주실래요? 저, 지금 나가 봐야 하는데?"

자리에서 일어난 나기만이 옷걸이에 걸려 있던 외투를 챙겨 입었다.

"……네, 알겠습니다."

"그래요. 가뜩이나 신경 쓸 환자가 지천에 깔렸는데, 애먼 일에 심력 쏟지 맙시다. 응?"

툭툭툭, 나기만이 입가에 비릿한 미소를 띠며 내 어깨를 두드렸다.

잠시 후, 나기만을 만나고 온 난, 곧바로 의국으로 내려왔다.

"택진아, 지금 당장 김성수 환자 보호자한테 전화 걸어!"

"나기만 교수가 허락한 거야??"

"아니, 네 말대로 씨알도 먹히지 않더라. 그러니까 그냥 걸어, 전화! 아무래도 느낌이 별로 안 좋아."

"야, 정말 괜찮겠냐?"

"내가 책임질 테니까, 전화하라고. 아니다, 전화번호만 알려 줘, 내가 할 테니까."

"아, 알았어. 하면 되잖아! 차라리 내가 하는 게 나아, 너보단."

"그럼 빨리해."

"알았어, 인마!"

띠띠띠띠.

—고객님의 전화기 전원이 꺼져 있어 받을 수 없습니다.

이택진이 전화를 걸어 봤지만, 받질 않았다.

"야, 보호자 전화기 꺼져 있는데?"

"다시 해 봐."

"알았어."

띠띠띠띠.

—고객님의 전화기 전원이 꺼져 있어 받을 수 없습니다.

역시나 마찬가지로 전화를 받지 않았다.

"야, 전화 안 받는데?"

"다른 전화번호는 없어?"

"어, 응급실에서 바로 퇴원하는 바람에 환자 인적 사항은 없……."

바로 그 순간이었다.

—지금 원내에 계시는 흉부외과 선생님은 즉시 응급실로 내려와 주십시오. 다시 말씀드립니다! 지금 원내에 …….

"지, 지금 이거 뭐냐?"

나를 바라보는 이택진의 눈동자가 마구 흔들리기 시작했다.

　　"아, 아무래도 느낌이 쎄하다, 윤찬아?"

　　이택진이 상기된 표정으로 김윤찬을 바라봤다. 몇 시간 전에 응급실로 실려 왔던 김성수 환자를 염두에 둔 말이리라.

　　"내려가 보면 알겠지. 빨리 가 보자."

　　"아, 알았어."

　　응급실.

　　"여, 여보! 정신 좀 차려 봐요. 얼른요!"

　　흑흑흑, 베드 위에 올려져 있는 한 남자. 그 옆에 사색이 된 중년의 아주머니가 울부짖고 있었다.

　　"서, 선생님! 우리 남편이 왜 이러는 거예요?? 네?"

　　그 환자가 맞았다. 좀 전에 응급실로 실려 와 급성 위장관염 진단을 받았던 바로 그 환자가.

　　이택진의 모습이 보이자 아주머니가 울며 매달렸다.

　　"아주머니, 진정하시고 밖에서 잠시만 기다려 주세요."

　　"그 교수님이 단순 위염이라고 그랬는데, 이 양반이 갑자기 왜 이러는 거예요? 네?"

　　"네, 아주머니! 그러니까 저희가 확인해 보겠습니다. 아주머니가 자꾸 이러시면 치료가 힘들어져요!"

"멀쩡했던 사람이 갑자기 쓰러졌는데, 어떻게 가만있어요? 괜찮은 건가요? 네? 선생님!"

아주머니가 여전히 울며불며 자리를 뜰 생각을 하지 않았다.

"정 선생, 아주머니 좀 모시고 밖으로 나가!"

이택진이 레지던트 정하윤에게 소리쳤다.

"네! 아주머니, 이러면 남편분 치료가 늦어져요. 우리 선생님들 오셨으니까 괜찮을 거예요. 저와 같이 나가요."

"정말, 괜찮은 겁니까?"

"네, 그럼요. 염려 마세요."

그렇게 레지던트 정하윤이 힘겹게 아주머니를 데리고 밖으로 나갔다.

잠시 후.

"그 환자 맞아?"

"어? 어, 맞아. 어떡하지?"

"뭐, 할 수 없지. 지금으로선 최선을 다하는 수밖에."

말은 그렇게 했지만, 결코 쉽지 않은 상황이었다.

이미 다량의 토혈 흔적이 보였고, 하의를 벗겨 보니 속옷에 다량의 흑색 대변이 산재해 있었다.

"유, 윤찬아! 이, 이거 왜 이러는 거야? 위 출혈인가? 아닌가, 십이지장 출혈? 뭐지?"

당황한 이택진이 환자의 옷 주변에 흥건한 피를 가리켰다.

맞다, 십이지장 출혈. 토혈에 흑색 변을 봤다면.

그런데 문제는 이 출혈이 왜 발생했느냐는 거다.

그 순간, 내 머릿속에 떠오르는 병명.

아올타 두오데날 피스툴라(대동맥-십이지장루)!

쉽게 말해 대동맥이 십이지장에서 터진 것을 뜻한다.

대동맥이 터진 것도 위험한데 그 터진 장소가 십이지장이라는 것이다.

일반적으로 혈관, 심장, 뇌는 그 자체로 오염의 정도가 낮다. 그래서 수술 시 오염의 정도가 극히 미약하나, 혈관이 터진 곳이 소화기관이라면 얘기가 달라진다. 혈관과는 반대로 음식물에 의해 오염도가 높기 때문이었다.

따라서 인조혈관으로 대동맥을 치환한다 할지라도 재오염이 잦은, 매우 예후가 좋지 않은 병이었다.

하지만 불행히도 회귀 전, 내 경험상 이 환자는 분명 대동맥-십이지장루가 맞다.

최대 2시간 이내에 터진 대동맥을 인조혈관으로 치환하지 않으면, 이 환자는 99.9%의 확률로 죽는다!

"아올타 두오데날 피스툴라가 의심돼."

"뭐, 뭐라고?? 그, 그러면 어떡해?"

단 한 번도 대동맥-십이지장루 환자를 본 적이 없는 이택진의 입장에선 당황하지 않을 수 없었다.

"일단 빨리 내시경 좀 보자. 십이지장을 좀 봐야 할 것 같아."

"아, 알았어."

잠시 후, 내시경으로 환자의 십이지장을 살펴본 결과.

식도, 위는 아무런 문제가 없었으나, 십이지장 후방에 직경 4센티가량의 궤양이 있었으며, 이미 활동성 출혈이 시작되고 있었다.

불행히도 내 예상이 맞았다. 환자는 대동맥−십이지장루였다.

"대동맥−십이지장루가 맞아."

"그럼 어떻게 해?"

"빨리 수술방 잡고 수술해야지."

"CT는 안 찍어 봐도 되겠어?"

"내시경 확인해 봤잖아? 그럴 시간 없어. 수술방 잡고 안에서 확인하면 돼!"

"그래그래. 그러면 나기만 교수한테 연락할게."

핸드폰을 꺼내 드는 이택진의 손이 마구마구 흔들렸다.

"아니, 나기만 교수님 방금 전에 학회 가셨어!"

"아, 시팔! 그놈의 학회는 왜 이렇게 자주 가? 가만있어 봐. 이기석 교수님은 팔 다쳐서 안 되니까, 그래, 고함 교수님한테 연락해야겠다."

"아니, 고함 교수님 어제 18시간짜리 수술하시고 퇴근하신 지 얼마 안 돼. 그 상태로는 수술 못 하셔."

"그럼! 그러면 누가 수술하냐고??"

"내가 할 거야."

"뭐라고? 네가 수술을 한다고?"

그래, 대동맥-십이지장루 수술이라면 연희병원에서 나보다 잘하는 사람은 없어. 아니, 연희가 아니라 대한민국 전체를 통틀어서도 나보다 이 수술을 많이 해 본 사람은 없거든.

지금 환자의 상태라면 고함 교수님보다는 내가 이 환자를 살릴 가능성이 더 높다!

난, 무리를 해서라도 이 수술을 집도해야만 했다.

"그래, 지금 수술할 사람은 나밖에 없잖아?"

"야…… 너, 진짜, 미쳤냐? 한 번도 안 해 본 수술을 어떻게 한다고 그래?"

"그럼 네가 할래?"

"아니, 지금 그게 말이냐, 방구냐? 네가 못 하는 수술을 내가 어떻게 해?"

"그러니까 잠자코 내가 하자는 대로만 해. 할 만하니까 한다고 하는 거야."

"뭐라고?? 너, 진짜 할 거야?"

"이택진! 내 말 잘 들어. 이 환자 분명 대동맥-십이지장루 맞지? 그리고 이미 출혈이 시작된 거 맞지? 너도 모니터 확인했을 것 아냐."

"그, 그래, 거기까진 인정해."

"그러면 2시간 이내에 수술 못 하면 이 환자 어떻게 되는지도 잘 알지?"

"그렇긴 한데…… 수술은 차원이 다른 얘기잖아?"

"좋아! 지금 당장 고함 교수님이든 이기석 교수님이든 30분 내로 모셔 와, 그러면 내가 포기할 테니까."

"야! 지금 그걸 말이라고 해? 그건 불가능한 거잖아?"

"그러면 다른 병원으로 전원시킬까? 그것도 최소한 1시간 이상은 걸릴 텐데?"

"그, 그것도 안 되긴 하지. 게다가 우리 병원에서 치료받은 환잔데……."

"그러면? 네가 생각하는 해결책은 뭐가 있는데?"

"아~씨! 그러다가 잘못되면 어쩌려고?"

이택진이 난감한 듯 뒷머리를 긁적거렸다.

"이택진, 지금까지 내가 수술하면서 실패하는 것 봤어? 이 모든 것을 우연이라고 생각해?"

"우, 우연이 아니면? 너 혹시……?"

이택진이 눈매를 좁히며 물었다.

"혹시 같은 소리 하네. 인마, 나 너 퍼질러 자고 밖에 나가서 술 마시고 놀 때, 고함 교수님, 이기석 교수님 그리고 수많은 해외 석학들의 술기를 익히고 또 익혔어. 이제 그분들이 어느 타이밍에 소리를 지르는지, 허리를 펴시는지, 세밀

한 습관까지 다 꿰고 있어. 그대로 하기만 하면 돼."

"그, 그래도……."

"너, 나 기억력 좋은 거 알잖아? 내가 괜히 섣불리 나서는 게 아니야. 나, 경험은 없지만, 그분들 그대로 복사해 낼 정도의 능력은 돼."

"그렇긴 한데……."

이택진이 여전히 망설였다.

"너는 걸리면 빠져, 나 혼자 할 테니까."

"하여간 나쁜 새끼! 꼭, 사람을 이런 식으로 옭아매더라? 알았어, 새꺄! 하면 되잖아!"

"그래, 고맙다."

"일단 난 김성수 환자 보고 있을 테니까, 넌 수술방 어레인지하고 마취과에 마철준 교수님 모시고 와. 어떻게든 모시고 와야 한다?"

"아, 알았어. 그게 될진 모르겠지만 한번 해 볼게."

"그래, 시간 없어, 빨리 튀어!"

솔직히 이택진이 성공할 수 있을지는 잘 모르겠다. 하지만 지금 상황에선 이런저런 생각을 할 여유가 없었다.

그렇게 시간이 흘러 잠시 후.

"윤찬아! 3번 방! 지금 3번 수술방 비었대!"

헉헉헉, 이택진이 숨을 헐떡거리며 응급실 안으로 들어

왔다.

"정말? 확실해?"

"그래, 인마!"

"마철준 교수님은?"

"마 교수님도 오신단다."

"다행이네. 그러면 빨리 환자 옮기자."

"근데, 윤찬아! 사실은……."

"사실은 뭐?"

"아냐, 아무것도! 빨리 환자 옮기기나 하자."

바로 그때였다.

띠리리리.

급하게 울리는 전화벨 소리. 고함 교수의 전화였다.

"뭐야? 교수님이 왜 전화를 하신 거지? 이택진, 너 설마?"

"나도 어쩔 수 없었어. 최소한 고함 교수님한테는 연락을 해야 하지 않겠냐? 어떻게 우리 둘이 막무가내로……."

"됐고! 어쩐지 수술방이나 마 교수님이나 너무 쉽더라. 아무튼, 너 수술 끝나고 보자."

"봐라. 두고 보자는 인간 하나도 안 무섭더라! 전화 진동 우렁찬 거 봐라. 빨리 받아. 괜히 나중에 X 되지 말고."

이택진이 턱짓으로 핸드폰을 가리켰다.

-김윤찬이! 너 미쳤어? 나한테 상의 한마디 없이 무슨 수술을 한다고?

전화를 받자마자 고함 교수의 목소리가 수화기를 뚫고 나오는 듯했다.

"대동맥-십이장루 수술입니다."

－누가 수술명을 말하래? 미치지 않고서야 너 따위가 그 수술을 한다고? 내가 지금 당장 갈 테니까, 거기서 너 딱 기다려! 괜히 설치지 말고.

"네, 교수님! 지금부터 딱 10분 드릴 테니, 그때까지 오실 수 있으시면 기다리겠습니다."

－미친놈아, 여기서 어떻게 10분 내로 거길 가. 내가 슈퍼맨이냐, 배트맨이냐?

"그러면 제가 할 수 있도록 허락해 주십시오."

－너, 정말 할 수 있어?

"네, 할 수 있습니다. 최선을 다하겠습니다."

－최선 말고! 너, 환자 살릴 자신 있냐고?

"네, 살릴 자신 있습니다. 절 믿기에 교수님께서 수술방 잡아 주시고, 마철준 교수님 설득해 주신 거 아닙니까? 교수님이 절 믿는 만큼 저도 절 믿습니다."

－새끼, 터진 입이라고 말은 잘하네.

"교수님, 저 지금 이렇게 통화할 시간 없습니다."

－알았어, 인마. 해! 하는데, 반드시 결과 들고 나와. 너가 지금 저지른 일이 얼마나 위험한 건지는 알고 있지?

"네. 반드시 결과 가지고 나오겠습니다."

－그래, 나도 최대한 빨리 병원으로 갈 테니까, 너무 걱정하지 마. 뒷일은 내가 맡을 테니까, 하는 데까지 해 봐.

"네, 교수님. 감사합니다."

－그런 인사치레는 수술 잘 끝내고 해! 아무튼, 좀만 버텨봐. 내가 갈 때까지.

"네, 알겠습니다."

"뭐라셔?"

내 옆에서 눈치를 살피던 이택진이 물었다.

"하래."

"하아, 고함 교수님도 완전 미쳤구나. 정말 하래?"

"그래. 당신도 최대한 빨리 오신다고 그때까지만 버티래."

"그래? 그거 듣던 중 반가운 소리네! 그나마 다행이다. 내가 전화하길 잘했네."

휴우, 그제야 이택진은 안도의 한숨을 내쉬었다.

❤

드르르륵.

그렇게 고함 교수님의 도움으로 수술방을 잡은 나와 이택진은 김성수 환자를 스트레처 카에 싣고 급히 수술방으로 향했다.

"보호자님!"

"서, 선생님, 우리 남편은요?"

남편의 모습이 보이자 복도에서 대기 중이던 그의 아내가 달려왔다.

"보호자님, 응급수술 들어가야 할 것 같습니다. 보호자 수술 동의서에 서명 부탁드립니다."

레지던트 정하윤이 동의서를 그녀에게 내밀었다.

"응급수술요? 우리 남편이 왜요?"

수술이란 말에 아내가 득달같이 내게 달려왔다.

"보호자님, 제가 길게 설명할 시간이 없습니다. 시간이 없어요. 자세한 내용은 우리 정 선생님이 설명해 주실 거예요."

"네? 그, 그럼 우리 남편은 어떻게 되는 건데요?"

불과 몇 시간 전만 해도 멀쩡했던 남편이 사경을 헤맨다니, 마른하늘에 날벼락도 이런 날벼락이 없을 것이다.

"보호자님! 정말 죄송한데, 지금 당장 수술하지 않으면, 남편분 위험합니다! 자세한 건 나중에 설명해 드릴 테니, 부탁드립니다. 네?"

"서, 선생님, 우리 남편 살려 주시는 거죠? 그렇죠?"

"네, 최선을 다하겠습니다."

"그런 말 말고요. 정말 살려 주신다고 말씀해 주세요."

내 팔을 잡고 있던 그녀의 손이 파르르 떨렸다.

의사는 그 어떤 순간에도 장담을 해서는 안 된다고 배웠고, 그렇게 후배들한테 가르쳤다.

난 지금 그녀에게 어떤 말을 해야 옳은 것인가?

"그게······."

바로 그 순간이었다.

툭, 또르르르.

김성수 환자의 하의 주머니에서 조그마한 상자 하나가 바닥에 떨어지더니, 상자가 열리고 그 안에서 노란색 반지 하나가 굴러떨어졌다.

"이거 환자분 거 같은데요."

난 바닥에 떨어져 있던 반지를 주워 올렸다.

"······."

흑흑흑, 내가 반지를 주워 환자의 아내에게 전해 주자 그녀가 마냥 흐느꼈다.

"보호자님, 너무 걱정 마십시오. 제가 최선을 다하겠습니다. 전 이만······."

"서, 선생님! 잠깐만요!"

그렇게 남자의 아내를 뒤로하고 돌아서려는 찰나, 그녀가 내 발걸음을 멈춰 세웠다.

"무슨 일이십니까?"

"이거 선생님이 가지고 계시다가, 우리 남편 깨어나면 전해 주시면 안 되겠습니까?"

"네?"

"사실, 저희 내일모레 결혼식을 합니다. 30년 동안 미뤄

왔던…….."

흑흑흑, 김성수의 아내가 울먹거렸다.

"……."

"지금까지 우리 먹고사는 게 힘들어서 식도 못 올리고 혼인신고만 하고 살아왔습니다."

"……."

"이제야 입에 풀칠할 정도 된 거죠. 이 반지, 우리 남편이 저 주려고 사 놓은 반지예요. 며칠 전에만 해도 면사포 씌워 주겠다고 그렇게 좋아했던 양반인데……. 이 반지, 꼭 우리 남편이 끼워 줬으면 좋겠습니다."

사정이 여의치 못해 식도 못 올리고 지금까지 살았던 부부. 김성수가 떨어뜨린 반지는 그의 아내에게 끼워 줄 결혼 반지였던 것이다.

"네, 보호자님! 제가 가지고 있다가 꼭 환자분 깨어나시면 전해 드리겠습니다."

"저, 정말입니까?"

환자한테 이렇게 말해서는 안 된다는 걸 안다. 게다가 지금 환자는 극도로 위중한 상황이며, 수술 성공을 보장할 수 없다.

하지만 난 이 여자가 전해 주는 반지를 차마 거절할 수 없었다.

이 가녀린 여자의 마음을 너무나 잘 알기에.

나에게 반지를 전해 주는 것이 뭘 의미하는지를 잘 알기에 말이다.

　"네, 꼭 그렇게 해 드리겠습니다. 그러니 너무 걱정 마시고 기다려 주십시오."

　"감사합니다! 정말 감사합니다!"

　그녀가 몇 번이고 허리를 굽혀 인사했다.

　"빨리 3호 수술방으로 이동합시다!"

　"네, 선생님."

　드르르륵, 그렇게 난 환자의 아내가 손에 쥐여 준 반지를 갖고 수술방으로 향했다.

　이 반지!

　김성수를 반드시 살려야 할 이유가 하나 더 생겼다.

　3번 수술방.

　지이이이잉.

　수술방에 들어가자 수술 스태프들이 나와 분주히 수술 준비를 하고 있었다.

　"어서 와, 꼴통!"

　제일 먼저 마철준 마취과 교수가 날 맞아 주었다.

　"네, 교수님! 와 주셔서 감사합니다."

"내가 안 올 수가 있나, 고함 교수가 그 난리를 치는데?"

"네? 교수님이요?"

"그래, 원래 다른 수술방 스케줄이 있었는데, 그거 취소하고 여기로 온 거야. 팔 잘리기 싫어서. 고함 선배, 그 인간! 진짜 그러고도 남을 인간이거든."

마철준 교수가 치를 떨며 자신의 팔을 문질거렸다.

"아, 네. 죄송합니다."

"죄송하긴! 사실 나도 좀 궁금하긴 했어."

"뭘 말입니까?"

"지난번에 폐 이식할 때, 김윤찬 선생 실력 보고 조금 놀랐거든. 아니지, 좀 많이 놀랐지! 오늘 그 실력이 운인지 찐실력인지 궁금하던 차에 잘됐어. 어디 제대로 한번 검증해보자고!"

"네, 최선을 다하도록 하겠습니다."

"에게? 이 상황에서 그거, 최선 가지고 되겠어?"

"그러면요?"

"이 환자, 원래 나기만 교수 환자라면서?"

"네, 맞습니다."

"그러니까 무조건 수술 성공해야지. 성공 못 하면 그 인간이 가만있겠냐는 거지."

"그 정도쯤은 각오하고 있습니다."

"그래, 그 패기가 좋네! 나기만이랑 투닥거리는 건 나중에 하기로 하고, 일단 환자부터 살려 놓고 봐야겠지?"

"네, 그렇습니다."

"살려, 무조건! 내가 다른 방 수술 스케줄까지 미루고 들어왔는데, 무조건 환자 살려 내야지. 내가 원래 손해 보고는 못 사는 성격이거든!"

"네! 교수님의 기대, 실망시키지 않겠습니다."

"죽어도 못 하겠다는 소린 안 하는구먼. 그만큼 자신 있다는 소린가?"

"자신은 없는데, 확신은 있습니다."

"확신?"

"네, 저 환자가 반드시 살아날 것이라는 확신요."

"자신은 없는데 확신은 있다? 그 말, 참 맘에 드는군. 좋아, 그런 태도라면 이미 이 승부는 자네가 이긴 거야."

"아뇨, 우리가 이기는 거죠. 저 혼자서는 아무것도 할 수 없습니다."

"좋아! 한번 해 보자고."

"네, 교수님!"

❤

잠시 후, 그렇게 시작된 수술.

어느 정도 예상은 하고 있었지만, 수술은 처음부터 난관에 부딪히고 말았다.

웅성웅성.

분주하게 수술을 준비하는 도중, 뜻밖에 일이 발생하고 말았다.

"김윤찬 선생님! 환자 심장 죽었어요! 빨리요!"

스크럽 간호사 백설아가 CT 사진을 보며 수술을 구상하고 있던 김윤찬을 찾았다.

"심장이 멈췄다는 건가요?"

"네네. 어쩌죠? 저도 이런 일은 처음이라."

"괜찮아요. 간혹, 마취 중에 그런 경우가 있습니다. 침착하시고 제세동기 가지고 오세요."

"네."

"젤리!"

"젤리!"

백설아 간호사가 제세동기에 푸른색 젤리를 발라 김윤찬에게 넘겨주었다.

"샷!"

꿀렁, 김윤찬이 침착한 표정으로 김성수의 가슴에 제세동기를 쳤다.

"심장 돌아왔나요?"

"아뇨, 아직요!"

모니터를 확인한 백설아가 불안한 표정으로 고개를 내저

었다.

"걱정 마세요. 심각한 거 아닙니다. 다시 갑니다! 샷!"

아직은 수술방이 낯선 펠로우 2년 차. 하지만 김윤찬은 긴장한 수술방 베테랑 간호사들을 심적으로 안정시킬 만큼, 여유롭고 침착했다.

꿀렁, 김윤찬이 반복해 제세동기를 쳤다.

띠띠띠띠.

잔잔했던 심전도 파형이 출렁거리기 시작했다.

"돌아왔나요?"

"네네, 이제 돌아왔습니다!"

두 번의 제세동기 끝에 김성수의 심장이 돌아왔다.

"이제 됐어요. 네, 큰 문제 아니니까, 이제 수술 준비합시다."

"네, 선생님!"

전장에서 전투를 치를 때, 장수가 흔들리면 병사들도 흔들린다. 전장에 선 장수가 병사들에게 믿음을 주지 못한다면, 그 전투는 시작도 하기 전에 이미 실패다.

"저 새끼, 완전 강심장이네? 다른 놈들 같았으면, 교수한테 전화한다고 개난리를 쳤을 텐데."

김윤찬의 모습을 지켜보던 마철준 교수가 입가에 미소를 띠었다.

마철준 교수의 입가에 맺힌 미소 한 가닥이 모든 것을 설명해 주었다.

　김성수 환자의 심장이 갑자기 멈춘 건, 분명 심각한 문제
였다. 하지만 김윤찬은 침착하게 이를 해결함으로써, 수술
스태프들에게 믿음을 심어 주었다.

　그럼 된 거다.

　그렇게 믿음이 형성됐다면, 해 볼 만한 전투가 아닌던가?

　잠시 후.

　하지만 허들 하나를 넘자, 또 다른 허들이 김윤찬과 그의
수술 스태프들 앞에 나타났다.

　"펌프 온!"

　"펌프 온!"

　"환자 쿨링다운 합니다."

　"쿨링다운!"

　정확한 의사 전달을 위해서 김윤찬이 선창하면 스태프들
이 후창했다.

　"지금 환자 체온 어떻게 돼요?"

　"32도입니다."

　"더 내립시다."

　"네."

　"지금은요?"

　"30도예요! 더 이상 안 떨어집니다! 이런 환자는 처음인데

요? 어떡하죠?"

체외 순환사인 김정희 순환사가 당황한 표정을 지었다.

수술을 하는 동안, 환자의 심장과 폐를 대신해 줄 체외 순환기(펌프)를 돌리기 위해서는 마취된 환자의 체온을 떨어뜨려야 한다.

체온을 떨어뜨려야 하는 이유는 간단했다. 체온을 28도까지 내리면 심장이 덜 움직이게 되고, 그렇게 되어야 출혈량이 적었다.

보통의 경우, 냉각기를 돌리면 체온을 28도까지 떨어뜨리는 데까지 수분이면 족했으나, 유난히 김성수 환자의 체온은 떨어지지 않고 있었다.

일분일초가 아쉬운 상황, 환자의 체온이 떨어지지 않는다면 수술은 할 수 없다.

결코 만만치 않은 상황이었다.

"택진아! 빨리 가서 얼음 가지고 와!"

"얼음?"

"어, 그래, 있는 대로 다 가지고 와. 빨리!"

"알았어."

지이이잉.

잠시 후, 밖으로 나갔던 이택진이 카트에 얼음 팩을 싣고 수술방 안으로 돌아왔다.

"김정희 선생님, 이거 일단 두 팩만 냉각기에 부어 주세요."

"두 개면 되나요?"

"아뇨, 두 개 때려 부어도 안 떨어지면 계속 투입해 줘요."

"그러면 체온이 너무 내려갈 텐데……."

"지금은 어쩔 수 없습니다! 체온을 떨어뜨리려면 이 방법 뿐이에요. 걱정 마세요. 너무 내려가면 데운 식염수로 다시 올리면 돼요. 지금은 무조건 28도까지 내려야 합니다."

"네, 알겠어요!"

"김윤찬 선생님! 환자 체온 떨어집니다!"

체온이 떨어지기 시작했다.

"그래요? 지금 얼마예요?"

"29도까지 떨어졌어요."

냉각기에 아이스 팩을 때려 넣은 효과를 보기 시작하는 순간이었다.

"우리, 조금만 더 내립시다. 냉각기에 두 팩만 더 넣을게 요!"

"네, 알겠습니다."

결과를 보여 주니, 어찌 믿지 않을 수 있겠는가? 이제는 간호사들도 완전히 김윤찬을 믿고 따르는 눈치다.

이제야 수술을 할 수 있는 여건이 마련되었다.

김성수 환자의 심장이 멈추고, 체온이 떨어지지 않는 바람에 낭비한 시간이 30여 분.

이제 김윤찬과 수술 스태프들에게 주어진 시간은 1시간 남짓이었다. 약 1시간 이내에 찢어진 대동맥을 절제하고 인조혈관으로 교체해야만 했다.

베테랑 써전도 결코 쉽지 않은 도전이었다.

♥

수술실 참관석.

김윤찬이 수술을 준비하는 과정을 지켜보는 두 사람. 그들은 뒤늦게 도착한 고함 교수와 이기석 교수였다.

"교수님, 교수님이 들어가셔야 하는 것 아닙니까?"

오른팔에 깁스를 한 이기석 교수가 우려 섞인 목소리로 물었다.

"잘하고 있는데 뭐."

고함 교수가 팔짱을 낀 채, 대수롭지 않다는 듯이 고개를 끄덕거렸다.

"그건 그렇긴 한데, 불안합니다. 아무래도 교수님이 들어가시는 게 낫지 않겠습니까?"

"이봐, 이기석 교수, 내가 들어갈 수술이었으면 애초에 허락하지도 않았어. 난, 김윤찬이를 믿어!"

"이건 믿음의 문제가 아니지 않습니까? 사람의 목숨이 달린 일입니다!"

"내가 김윤찬이를 믿는다는 게 무슨 뜻인지 몰라? 녀석을 사람으로 믿는다는 게 아니야. 내가 괜한 사적인 감정에 휩싸여 사람 목숨 가지고 장난할 사람처럼 보이나?"

"아뇨, 물론 그건 아니라는 걸 잘 압니다."

"그럼 뭐가 문제야?"

"그게, 아직 김윤찬 선생은……."

"김윤찬의 손을 믿는다는 거야. 즉, 흉부외과 써전, 김윤찬의 실력을 믿는다는 뜻이지. 지난번 폐 이식수술 때, 김윤찬이 실력을 보고도 몰라?"

"그건 운이 좋았던 겁니다."

"자네, 정말 그렇게 생각해? 내가 그 수술, 비디오테이프를 수십 번도 더 봤어. 아주 객관적으로 자네의 실력과 김윤찬의 실력을 비교해 봤지."

"……"

"물론, 김 교수가 오른팔을 다쳤으니 정확한 비교가 되진 않겠지만……."

"……"

"자네한테는 미안한 말이지만, 김 교수의 오른손이 멀쩡했다 해도 두 사람 사이의 실력 차를 난, 느끼지 못했을 걸세."

"흠흠, 좀 듣기 거북하군요."

이기석 교수가 손을 말아 쥐며 헛기침을 했다.

말은 그렇게 하지만, 표정으로 볼 때 그리 실망한 눈치는 아니었다.

"후후후, 거북하라고 하는 소리야. 그러니까 더 긴장하라고!"

"흐음, 네. 교수님의 말씀대로 김윤찬 선생의 실력은 저도 인정합니다. 하지만 지금은 케이스가 다르지 않습니까? 대동맥–십이지장루가 만만한 수술은 아니잖습니까?"

"그러니까, 내가 지금 여기 와 있는 거 아닌가? 하지만, 난 김윤찬을 믿어! 내가 저 수술방에 들어갈 일이 없을 것이라는 것을!"

고함 교수가 확신에 찬 시선으로 수술방을 내려다보고 있었다.

"지, 지금 뭐 하시는 겁니까?"

바로 그때, 앙칼진 한상훈 과장의 목소리가 두 사람의 대화에 끼어들었다.

다음 권으로 이어집니다

황태자는 은퇴하고 싶습니다

로튼애플 퓨전 판타지 장편소설

황제가…… 과로사?
이번 생은 절대로 편하게 산다!

31세에 요절한 황제 카리엘
개같이 구르며 제국을 지킨 대가는
역사상 최악의 황제라는 오명?
싹 다 무시하고 안식에 들어가려 했더니……

"다시 한번 해 볼래? 회귀시켜 줄게."
"응, 안 해."
"이번엔 욜로 라이프를 즐겨 보면 어때?"

사기꾼 같은 신에게 속아 회귀하게 된 카리엘
즐기며 편히 살기 위해서는
황태자 자리에서 먼저 내려와야 하는데……

제국민의 지지도는 계속 오른다?
황태자의 은퇴 계획, 과연 성공할 수 있을까?

꿈의 도약, 로크에서 하십시오
(주)로크미디어에서 신인 작가를 모십니다

즐거운 세상, 로크미디어는 꿈을 사랑하고 도전을 두려워하지 않는 작가 분들의 참신한 작품을 기다리고 있습니다. 21세기 장르 문학계를 이끌어 갈 차세대 선두 주자 (주)로크미디어에서 여러분의 나래를 활짝 펴 보시길 바랍니다.

모집 분야 판타지와 무협을 포함한 장르 문학
모집 대상 아마추어 작가, 인터넷 작가
모집 기한 수시 모집
작품 접수 시 유의 사항
    1. 파일명은 작가명_작품명.hwp형식을 갖춰 주십시오.
    1. 파일에 들어갈 내용은 다음과 같습니다.
       — 성명(필명인 경우 실명을 밝혀 주세요), 연락처, 이메일 주소
       — 제목, 기획 의도
       — A4용지 1장 분량의 등장인물 소개
       — A4용지 2장 분량의 전체 줄거리
       — 본문
    1. 작품이 인터넷에 연재되고 있다면, 게시판명과 사이트의 구체적이고 정확한 주소를 기재해 주십시오.

선택된 작품은 정식 계약 후 출판물로 간행되어 전국 서점에 유통됩니다.
작가 분은 (주)로크미디어의 전폭적인 지원하에 전속 작가로 활동하시게 됩니다.
※ 자세한 내용은 로크미디어 홈페이지(rokmedia.com)를 참조하세요.

(03920)서울시 마포구 성암로 330 DMC첨단산업센터 3층 318호
(주)로크미디어 편집부 신간 기획 담당자 앞
전화 : 02) 3273 - 5135
www.rokmedia.com   이메일 : rokmedia@empas.com

기갑천마

거짓이슬 퓨전 판타지 장편소설

종말을 막지 못한 절대자
복수의 기회를 얻다!

무림을 침략한 마수와의 운명을 건 쟁투
그 마지막 싸움에서 눈감은 무림의 천하제일인, 천휘
종말을 앞둔 중원이 아닌 새로운 세상에서 눈을 뜨는데……

"천휘든 단테든, 본좌는 본좌이니라."

이제는 백월신교의 마지막 교주가 아닌 평민 훈련병, 단테
그럼에도 오로지 마수의 숨통을 끊기 위해
절대자의 일 보를 다시금 내딛다!

에이스 기갑 파일럿 단테
마도 공학의 결정체, 나이트 프레임에 올라
마수들을 처단하고 세상을 구원하라!